上海文化发展基金会资助项目

横跨整个青春去追你

《故事会》编辑部 编

上海故事会文化传媒有限公司
上海文艺出版社

CONTENT

■ **丑儿姑娘**

她就是那个会撩人的女大学生 ……………………………… 001

兰州姑娘，我等你，也等你的烟 ……………………… 004

与小三对抗的，除了真心还有什么 …………………… 009

哪懂坚持，只是死撑 …………………………………… 012

横跨整个青春去追你 …………………………………… 016

■ **朝歌晚丽**

我在你身边，从不曾离开 ……………………………… 023

在你面前我是女汉子，他却把我宠成了小孩子 ……… 032

我是猫 …………………………………………………… 040

我努力变好，就是为了和你在一起 …………………… 045

你一定要努力，但千万别着急 ………………………… 051

■ **共央君**

富贵叔的爱情 …………………………………………… 059

我一辈子都不会原谅你 ………………………………… 064

你怎么对陌生人比对自己的爹妈还好 ………………… 069

你在羡慕别人的人生吗 ………………………………… 073

二十岁后你还丑，不怪你怪谁 ………………………… 077

■ 奇奇漫

最怕是心比天高,命比纸薄……………………………………… 083

二十年后,你是什么模样…………………………………………… 087

你不成功是因为你没定力……………………………………… 090

末日来临,世界没有英雄……………………………………… 095

二狗叔的爱情……………………………………………………… 100

■ 水清心宁

外公的一碗滑牛肉……………………………………………… 121

人心深似井,到底一场空……………………………………… 125

一把奶油瓜子……………………………………………………… 130

老胡的包子………………………………………………………… 134

我见过的爱,披着欺骗的外衣………………………………… 138

■ 黄咚咚

刘兰芝:我可能嫁了一个假仲卿……………………………… 143

董永:我以为娶了一个假仙女………………………………… 151

孟姜女:我哭倒了一座假长城………………………………… 160

马文才:我可能结了一场假婚………………………………… 167

手掌心煎鱼给你吃……………………………………………… 178

丑儿姑娘

95后伪文艺青年,用赤诚的文字,写有温度的故事。

个人微信公众号:丑儿姑娘

她就是那个会撩人的女大学生

■ 丑儿姑娘

一

凡凡，是我好朋友，她大我两岁，皮肤白皙，网红脸，乌黑亮丽的长发，身材匀称，很漂亮的。有一度我曾认为，高冷、白富美这些词，就是为她而生。

在我心里，她一直是个独立漂亮又很酷的姑娘，她看上去不太好打交道，但是一旦和她有过交集，你会发现她酷酷的外表下，有一颗善良的心。

她就是有颜值，有家境，却不靠家庭背景，很拼命，很努力的典型了。

二

那么有钱，一定很会撩人，也一定被不少人撩过。

这句话是很多女生对凡凡的评价，她名声不太好。

女生之间总有小团体，凡凡永远是被孤立的那一个。

凡凡的宿舍是四人寝，除了凡凡，其他女生总喜欢凑在一起聊八卦，喜欢谈论凡凡，她们用很高的嗓音说，凡凡，她呀，换男朋友就像换衣服一样，她用的东西都价格不菲，我猜呀，肯定是被官二代包养了，天气冷了，还穿那么少，不知道的还以为是小姐。

很奇怪的是，她们的话总是以不大不小的声音传到凡凡耳朵里，凡凡听到后，从不和她们争吵，默默地收拾好东西，从容地从她们面前走出去。

三

凡凡上的大学是男女比例严重失调的工科大学，都是男生，女生很少，长得漂亮的女生更少，凡凡长相算是很出众的。

在学校，追凡凡的男生很多，包括很多女生所喜欢的男神，那个男生很清秀，笑起来很暖，对凡凡很好。

后来，凡凡和男生在一起了。

女生之间总有攀比和嫉妒，凭什么你能得到男神的喜欢。

她们都不相信爱情是两相情愿的，所以她们把所有的坏情绪都放在了凡凡身上。

用尖酸刻薄的语气说：还不是她会撩。

四

凡凡小时候在美国待过几年，所以异常自立，即使家境优越，上大学后，她还是决定自力更生，不要家里的钱。

她找了两份兼职，白天课余时间在汽车销售中心当模特，晚上去给一个读高中的孩子当家教，回到学校已经要九点多了。

于是，室友暗地里说她不务正业，说她去当小三，以讹传讹，话也越传越难听。

有些话传到凡凡男朋友耳朵里，男朋友让她别去兼职了。

她没有放在心上，还是去兼职，她的每一天都安排得很充实，充实到没有时间去听和在乎那些流言蜚语。

24天后,她男朋友和她说了分手。

那天,凡凡给我打电话,她说:我以为他会相信我的。

我们聊了很久。

最后,她说:没关系,每个人都有自己的想法。

失恋后的她,除了少了一个人的牵挂,日子依旧像往常一样。

后来,她有幸参加了公司给她推荐的一个汽车模特比赛,很冷的冬天里,她穿着一条薄薄的裙子,浑身明明冻得都快僵住了,却还是始终微笑。

终于,她得了一等奖,她蜷缩在公司卫生间的角落里捧着奖杯大哭。

她拿着奖杯给我打电话,说:谢谢你,我唯一的朋友。

五

那次得奖后,她应邀签了一家模特公司,去拍杂志封面,当模特又兼职家教,赚的钱也越来越多。

女生喜欢奢侈品、口红、化妆品、包包、漂亮衣服。

她也不例外,在同龄人还用家里给的生活费的时候,她已经在用自己赚的钱买喜欢的东西了。

室友对她的态度依然如故,她也不气,生活仍在继续。

有一次,我问她:你恨那些背后说你坏话的人吗?

她说:不讨厌。我没有谈过几次恋爱,但每谈一段恋爱,都用心对待,所拥有的,除了长相,其他的都是自己通过努力得来,无愧于心。

六

想起了张嘉佳的一段话：每个人都有自己的表达方式，如果你不喜欢，只能说明不是为你准备的。

没错，同样，你不懂有些姑娘的生活，没关系，你仰望不到她们的生活，没关系，你不了解她的人生，也没关系。

但请你最好保持沉默，如果实在忍不住想评论和指点，那就拿出你的赤诚和善良，保持客观和冷静地评论，不要用你狭隘和丑陋无比的想法去质疑她，她只是个善良的姑娘。每一个不躲在温暖而狭窄的港湾里，却要迎风奔跑的姑娘，都值得敬佩。

讲真，高抬贵手放过那些你所谓会撩人的姑娘吧。

兰州姑娘，我等你，也等你的烟

■ 丑儿姑娘

一

苏菲告诉我说：她已经买好去拉萨的火车票，要离开兰州了，离开这座城市，披荆斩棘，一路逃亡，从北到南。

我拿起一瓶啤酒打开，又给自己倒了一杯，低着头，一口气喝完。

借着酒劲，我告诉她：去吧，我等你回来。

直到你忘了他。

真的忘了他。

然后自信满满地回来，回来兰州这座你曾揽过星光，努力生活过的城市。

回到这儿，我们一起继续死心塌地地透支时间，透支人生。

"你怎么这么怂，连忘记一个人都需要大费周折,瞻前顾后的。"我在心里这么骂了苏菲一句。

这是 2016 年 10 月 4 日深夜 23：55 分。

兰州的雨下了一整天，我坐在苏菲的酒吧，在转椅上喝着啤酒，眼前的橱窗里放着一个天蓝色酒杯，盛着一杯冒着热气的白开水。

苏菲靠着我的转椅。

她今天穿了一身超温馨的粉色休闲服，清秀如菊的容貌却漠然冰冷，眼神空洞无物，仿佛失去了灵魂。

突然，她耷拉着脑袋，靠在我肩膀上低声对我说道：爱他的时候，给了他自由，不爱的时候给了爱自由，深情而不纠缠，这大概就是我对死去爱情最理性的样子了。

我摸摸她的头，心疼地问道：他怎么就这么难忘记？

苏菲答道：早忘了。

可我还没说是谁啊？

二

苏菲说。

相恋的时候，近在咫尺是他，天涯海角是他，碧落黄泉是他，梦牵魂绕还是他，口口声声都是他。

分手了，所有的难过也是他。

那天是苏菲失恋的第三百六十九天。

苏菲低头看了看手表，说还有 24 小时 4 分钟就是林子峰 24 岁的生日。

我打开了旁边的窗子，外面有风的声音。

三

2012年夏天。

我刚刚毕业，21岁，在兰州。

认识苏菲的那些天我刚刚辞职，心灰意冷、懒癌发作。准确地说，不想找工作，白天睡觉，睡醒之后喝酒，晚上接着睡。

就这样过了好几天。

终于熬不住出门了，看着来来往往的车辆，突然想起一句话：我也曾漂泊无往，我也曾迷茫不知所向。

路过一家酒吧时，正在放宋冬野的《董小姐》，刚好唱道：陌生的人，请给我一支兰州。

于是我鬼使神差地进去了，大概是兰州这两个词触动了我的神经。

这个城市有我的梦想。

那天晚上我喝了六瓶啤酒，酒量很差的我到洗手间吐得天昏地暗，酒吧老板没有赶我走。

反而，给我倒了一杯解酒茶喝。

后来，又递给我一支兰州烟。

在这个陌生城市，感受到温暖的我，去她酒吧的次数多了起来，慢慢知道开酒吧的姑娘叫苏菲，酒吧是她租的，和她熟络后，知道了她和林子峰之间的故事。

四

林子峰20岁的时候，他们相识了。

20岁的他玩民谣、泡酒吧、撩姑娘、骑行走四方。

他带着苏菲，从中山桥玩到五泉山，从兰州玩到大理，带着一把木吉他一路卖唱一路直行,就这样,疯狂地玩了三年。

可后来,林子峰突然去了北京。

他们在遇见时理所当然般配地恋爱,又在离开时理所当然固执地分手。

他给苏菲的理由是要到大城市里去寻找自己,分手时林子峰只是电话里对她说了一句话:苏菲,再见!

挂断电话之后,苏菲再怎么给林子峰打电话都被拒接,她颓废了一周后,准备去北京找他。

苏菲从兰州出发。国庆节,那辆车没有坐票,她买了一张无座票,站了一天一夜到了北京。

她说,她想要一路循着林子峰的踪迹,权当作他们一起越过了兰州到北京 1565 公里的距离。

到了北京,她在一个偏僻的小巷子找了一间房子,一个月 2000。

之后的一个月,她走遍了北京的大街小巷。

可,还是没找到林子峰,面对兜里的钱,她对这座城市已经认怂了。

可是爱情的驱使让她在北京这座城市又扛了一个月,吃了一个月的泡面。

结果依旧是一无所获。

我问过苏菲:对北京的什么记忆最深刻,是泡面味吗?

她低头翻了翻手机,告诉我,她最记忆犹新的,其实是帝都的天桥底下。

天桥底下,好像是把时间拉开一道帷幔,一折一皱清晰地融合着不同的生命,有追梦者,拾荒者,有老人,有小孩,把他们打包一起丢在这个阴暗的黑洞里,逼仄而漫长。

搭配在一场断舍离的戏剧里,瞧着众生波澜不惊偶尔荒诞的剧

情,恍惚地还以为是一幕长生的、燥热懵懂的戏剧在演绎。

没有找回林子峰的苏菲,终于还是回来了。

她回到兰州后,租了一间房子,开了这间酒吧。

五

如果说,爱情是一杯烈酒。

苏菲说:我认真地喝过,也醉过。

他可能永远也不会知道,其实我比他想象中的还要爱他,可能比他爱我还要爱他,只是我永远都不会说。

为了他,在无数个万籁俱寂的深夜,我曾失声痛哭,只因想到他在北京会为各种琐事而惆怅无助。

他曾说过会好好对我,但最后痛都是他留给我的,他还是走了。

嗯,不错,他离开了,迟早还是走了。

但是,当所有的凄凉与哀怨幻化为一杯毒酒,我仍旧心甘情愿,为他饮下。

他也曾信誓旦旦地对我扬言,如果有一天,我们走散在人潮,他一定会穿越万千人海,把我找回去。

而最后,我们没有走散在人潮,我们只是走散在他的离开了。

他的离开,带给我的痛,是我此生无法释怀的。可能,这是我们前世的孽缘吧。

我知道要装睡的人,往往都叫不醒;要离开的人,往往都留不住。就这样吧,有些痛我只能自己承受。

所以,他走,我不怪他。

六

那晚凌晨,苏菲吃了五碗兰州拉面。

苏菲说,我真的要走了。

我想,这可能是苏菲,这辈子最糟糕的时候了。

第二天,苏菲走了,临行前苏菲对我说:丑儿,我再也不会爱上一个人了,再也不会遇见一个和以前一样马上熟稔,被打动在青春里的人了,你保重,我们会再见面。

苏菲,我想要再遇见你,我听过你的故事,我不想在山野里数星辰,也不想在想念你,我只是想遇见你,和你一起抽支兰州烟。

回来吧,兰州姑娘,我等你,也等你的兰州烟。

与小三对抗的,除了真心还有什么

■ 丑儿姑娘

一

年轻的时候,我总觉得爱一个人就是要轰轰烈烈,就是要赴汤蹈火,就是要不顾一切,就是要死心塌地。

可是,后来年纪增大,经历了一些事情,也逐渐明白,真正的爱是懦弱,是卑微,是愿意为一个人小心翼翼地活着,更是成全。

就这样,活在无法预知的未来中,虽然没有特别乐观,但也不至于很悲观。

无论生活,还是感情。

总觉得，一段恋爱已宣告出现小三之后，无论男孩还是女孩，都离开得干脆一点吧。

真的，走远的就别追了，不爱的就别留了。

至少分开的时候，我们都要落落大方，勇敢离开。

二

"能和小三对抗的，除了真心，还有什么？"

昨晚凌晨，准备睡觉的我在后台收到了一位姑娘发来的这条消息，我迷迷糊糊点开输入框，正思考着该说些什么，她一连串的消息又过来了。

"我们在一起两年了，他好几天不理我，说忙，可昨天我却在朋友圈看到他和别的姑娘亲密自拍照，那个姑娘是他前一个月的客户，我还见过，可现在……"

"其实，前几天他还说着要来看我的。"

"为什么人会说变就变，昨天还爱着，现在却这样。"

"我用了全部的真心。"

最后，我只回了姑娘一句话："和小三对抗的除了真心，还有成全。"

三

姑娘蛮傻的，我挺同情的，男朋友都已经在朋友圈公开宣威了，居然还在想：和小三对抗的，除了真心还有什么。

姑娘在这段感情里陷得太深了，太喜欢对方，想去挽救这段朝不保夕的爱情，总觉得除了真心，还可以拿点东西去和小三抗衡。

大概，爱情的天平，这时候开始就已经不对等了，爱得太满，自己却浑然不知。

人生嘛，其实也没有谁非要跟谁在一起才能过完一生，遇见这样的男生还不如早早地放手好了。

与其花时间，费尽心思地去想和小三对抗的除了真心还有什么，倒不如大方放手去成全对方的碧海蓝天。

四

以前入一个文学社的时候，遇见过一个姑娘，她是接待，那时候觉得她工作很有智慧。

后来，混熟了，才发现，她不光在工作方面有智慧，在感情方面也很精明，也是我所佩服的那种拿得起，放得下的人。

我认识她的那年，她有一个对她很好的男朋友，是早晚接送她上班，按时提醒她吃饭，像《天龙八部》里护自己女人周全的乔峰一样类型的人。

可好景不长，记得，那是双十一，我们一个圈子的一群单身狗都在群里聊天，热谈双十一都买了什么来安慰自己。

那位姑娘说了一句，我买了一个爱马仕的包，我们一片唏嘘。

其实，我们好奇的是，她有对象啦。

过了一会儿，她发来一大段文字。

大概意思是：有一天，她看到男朋友换头像了，对方以前是从不用自己的照片当头像的，放大了看，她注意到，男朋友肩上有一条红色衣袖的胳膊搭着。

她翻遍了自己的衣柜，发现自己没有红色袖子的衣服。

于是，她开始翻看男生的关注，一个一个看，终于看到了红色袖子女生的微博，对方还发了他们搂在一起的照片，就果断分手了。

我们听完，除了心疼她，剩下的就是满满当当的佩服了。

对啊，对抗小三，除了自己对男友用过的真心，也就只有成全了。

五

薛之谦在《演员》里有一句歌词："其实感情最怕的就是拖着。"没错，对这句话简直不能再认同了。

很多时候，感情本来就不是一件拖泥带水的事情，爱的时候就应该怀揣着最真挚的心好好在一起，另一方不爱的时候就走得落落大方，坦坦荡荡。

应该在一起的人，不管多久，不管多远，都一定会和你遇见。

很多人不愿意分手的原因，无非是两个人在一起的时间太久了，感觉舍不得，但是与其把曾经惺惺相惜的日子变得面目全非，不如止步于现在，至少两个人往后，不在对方身边的时候，还能记得对方的好。

出现小三，既然一方已经不再喜欢了，感情也不是衡量的标准了，舍不得也不应该是左右那个人去留的理由了。

和小三对抗的除了真心，还有成全。

哪懂坚持，只是死撑

■ 丑儿姑娘

一

以前刚上大学的时候，老爸给我打电话的次数很频繁，问我近况如何，我总是难为情地笑，不出声。

其实，生活如人饮水，冷暖自知。南方冬天的湿冷，夏天的燥热，很多时候都令我压抑难耐。

有时候他会打趣，外面的世界那么精彩，自由自在，想做什么就做什么，肯定很好吧。

简单的几句寒暄后，我每次都会推托忙，匆匆挂了电话。

对家里向来是报喜不报忧，其实我害怕控制不住自己向他抱怨。

所以，我要一个人撑。

没错，就是死撑到底的那种撑。

二

其实，有时候也有一种错觉。总觉得自己死撑过伤心事后就会变得很厉害。

可是，等我擦干眼泪，去安抚自己那颗疲惫受伤的心灵时，接踵而至的又是生活的大魔小怪，我只能再次身披铠甲。

肩背妥剑，去和妖魔鬼怪战斗。

这一路，累与痛交替前行

三

其实，这段时间以来，我一直在死撑，死撑生活的各种心酸。

上学的时候，瑟瑟发抖的冬天，傍晚六点零三分，也会独自站在武汉人来人往的大街上，心中会有千千万万的声音在告诉自己，这不是你的城市，行人都有归处，但是你没有。

终于，还是笑着笑着哭了。

喜欢过一个男生，挺帅的，就是人比较渣，曾被他暧昧不清的女生指着鼻子问，你是一个怎么样的女生啊？有这么大的自信。

也遇人不淑过，被人骗钱过，亏真心吃过不少。

还有一些人，当我开始做一些事时，会在耳边说，你肯定做不成，哪有这么容易，也有一些人会隔空扇巴掌。

我不够聪明，自卑，也从来都没有好的运气，不爱表现，很普通。

值得庆幸的是，日子还是向前走，我偏执地死撑过来了，成了现在倔强的自己。

任何事，即使在说了九十九次撑不下去后，第一百次还是会硬着头皮去撑。

四

以前上学的时候很内向，胆小，上课从不敢举手发言，还一度认为长大了会好，长大后我会自带落落大方、得体的光环。

后来啊，发现并没有什么用。

我发现，年龄的增大并不能让我们成功地长成一个大人。

胆小懦弱的性格也没有好转，反而愈演愈烈，老师提问，即使知道答案也会语无伦次，说不出话来。

于是，我死撑着参加各种活动。临近上台时，我的心脏还是会加快跳动，我会下意识去想下面坐着这么多的人，我要是结巴了、卡壳了怎么办？

每当这时，我的心理活动真的特别多，特别多。

但是，每次我都会以"怕什么就去做什么，参加完活动，就能得到锻炼，变得大方还有更大胆"为由，硬逼着自己走出自己的心理舒适区，去死撑，使自己变得更强大。

我知道，只有死撑过无数次这样的磨炼后，我才能开始真正像个大人般，面对陌生环境的时候，镇定自若，能落落大方地做一些事，少些许的慌乱。

好在，我会死撑到底啊。

漫漫人生路啊，没有皆大欢喜，只有独自死撑。

五

还记得，《鲁滨孙漂流记》中的主人公，一个人，一座岛，四年的荒岛生活，也还是存活了下来。

他哪有什么神话故事里孙悟空七十二变的本领，哪有什么上天眷顾赐予的好运气，他完全就是死撑。

万般皆是死撑，半点不由人的，就像巫师手中的糖果。

张晓晗的《女王乔安》里，主人公乔安出生就是含着金汤匙的公主。谁料，后来家道中落，父亲流亡国外，母亲改嫁，乔安经历了人生的大起大落。

但，她就是不服输啊。

最终，还是凭借自己的死撑，走向了人生的巅峰。

《肖申克的救赎》中说："有些鸟注定是不会被关在牢笼里的，因为它们的每一片羽毛都闪耀着自由的光辉。"

其实，这些光芒都是死撑得来的，并不是一蹴而就的。

它们在笼子里的每一天，每一次的死撑，每一次的蜕变，才成就了它们的光芒。

可能，我们的一生也一样，必须去死撑，得到一些属于自己的东西，任凭是谁也拿不走的，来支撑自己风风火火的人生。

六

发现没，流泪永远都不会让我们坚强，只会让我们越来越软弱、自卑，看不见问题的本身。

死撑，才会让我们学会成长。

这个社会已经很浮躁，很混乱了，活着就要死撑啊。

同时，也要为自己的死撑而呐喊，骄傲。

因为随着时间的流逝，我们都会从呐喊者、抵抗者、死撑者逐渐变成独善其身的孤独者。

讲真，生活就是需要去死撑啊，轻易地妥协或者将就，一次或一回，很可能就妥协、将就了一生。

退缩得越多，喘息的空间就越有限，表现得越将就，一些幸福的东西也会越远啊。

用一句话说，生活虐我千百遍，我待生活如初恋。

I like you，but just like you。

纵然万劫不复，也待你眉眼如初，岁月如故。

死撑到底。

横跨整个青春去追你

■ 丑儿姑娘

前段时间，网上有这样一段话，沸腾了不少文艺青年的心："你写PPT时，阿拉斯加的鳕鱼正跃出水面；你看报表时，梅里雪山的金丝猴刚好爬上树尖；你挤进地铁时，西藏的山鹰一直盘旋云端；你在会议中吵架时，尼泊尔的背包客一起端起酒杯坐在火堆旁。有一些穿高跟鞋走不到的路，有一些喷着香水闻不到的空气，有一些在写字楼里永远遇不见的人。"

其实，有的人真的在过你梦想中的生活，是真的。

一

失眠是对夜晚的回礼，嗯，不错，这话不假。

深夜失眠刷微信朋友圈，偶然看到了朴树新歌的 MV，《Baby，До свидания(达尼亚)》，新歌词曲是朴树亲自创作完成的，用了俄语"До свидания(再见)"作为歌曲主命名。

喜欢用视觉表达情感的他，邀请到了演员刘烨担任男主角，横跨北京、布拉格两国拍摄，并租下古老的酒店进行了取景。

片中刘烨以经历者的视角遇见、试探、挣扎和寻找，倾情出演，为 MV 贡献了高质量的表演。

MV 中，朴树则以流浪歌手的身份出境，显得在历尽世事无常后沧桑了许多。

出于对朴树的喜欢，特意打开了评论，有网友感叹：新专，奕神听不起，表情包听不起，朴树都听得起，可是你为什么不收费？你就是收费我们也支持你！

讲真，对朴树除了欣赏之外，更多的是满满当当的心疼，一把吉他，四海为家。

> 这陌生的城市下起雨
> 当今天夕阳西下
> 断肠人柳巷烟花
> 我已四分五裂
> 从此已没有了家
> 孤魂野鬼天涯

他只有这些叫作梦想，叫作希望，叫作爱的民谣。

没有官场争斗的世故，没有金钱名利的束缚，他打心底里的做自己，做有灵魂的人，做有灵魂的音乐。

发现没，他的世界啊，不管历经多少无常，永远都是一腔热血，

永远都是热泪盈眶的模样。

二

朴树出道是在 1999 年,现在来看是多么遥远。
那一年,我还在村里夕阳下玩耍。
张亚东也刚到北京闯荡,朴树穷得跟流浪猫一样。
张亚东认识王菲,他领着朴树蹭王菲的录音棚。
异乡漂泊过的人都应该知道。
真的,那种生活特别苦,苦到很难为情的那种。
可他对梦想仍旧心怀期待与希望啊。
后来,上天被他感动了。
他火了,刚出道就上了春晚。
这该是多么奢华的求而不得的事情呀,这也是他应得的。

三

我呢,刚开始也只是单纯地欣赏朴树,后来路人转粉了。

这大抵,是因为他的负隅顽抗,放浪不羁吧;也大抵,是因为他的那种一腔热血,热泪盈眶吧。

那一年。

《火车开往冬天》响起,彼时我连火车都没见过,也没有走遍万水千山,但,心中却有着千千万万的憧憬,希望有一天和他一样走遍海角天涯。

　　火车汽笛拉响 我走神的心情 去黑夜
　　我的面前只有一片 没有你送行的站台
　　这是一列开往冬天的火车

我的路已经在万水千山

　　明天是个没有爱情的小镇

　　我会默默地捡起我的冬天

　　疲惫的火车

　　素不相识的人群

　　哪里是我曾放牧的田野

那一年。

《九月》袭来，时明时暗，夏季焦躁漫长，一切都笼罩在萤火虫光与雾气之中，却没有人知道何去何从。

笑的人举起酒杯，笑得眼里全是泪。

有人会在晚餐后老去，can you help me？

　　北风就从今夜开始吹起

　　我的心灯火闪忽明忽暗

　　怎么说清怎能说清

　　这漫长迷茫的夏季

大概就是这样的感觉，很心酸，很想在大雨里哭一场。

可哭过、笑过之后的他，还是一如当初。

四

曾在知乎上看过小四写朴树的文字，异常深情，他说朴树是"一个可怜的孩子"。

他忧郁得像垃圾桶里被丢掉的帆布鞋，他又猖狂得像万人敬仰的江湖侠客，敏感起来连混凝土的亮点都能找到，迷茫起来感觉全世界都欠他一个春天。

这大概就是想象中轻狂年轻人的理想模型吧。

他的歌《活着》，其实很早就讲了苟且与远方。

他是孤独的，彻头彻尾的孤独。

这种孤独吧，不是末日后，一个人站在荒凉的大地上仰望月亮时的那种孤独，而是站在川流不息的人群中间茫然四顾的孤独。

前者是绝望，后者是残忍的绝望。

可是，任岁月无情，任世界漆黑荒芜，你在孤独中还是满怀希望啊。

他说，生如夏花，就不怕秋风凛冽，竹林也是为弱者准备的。

即使，现实给我们一巴掌，我们也要笑着去相信，美好的生活仅一步之遥啊。

永远一腔热血，永远热泪盈眶。

五

2015年，《平凡之路》又红遍了大江南北。

我承认，这些年，我确实一直在平凡之路上亦步亦趋地走着。

那些年少的雄心壮志也随着岁月流转，变成了雾霾里灰白的口罩，异乡沉闷的空气。

他的平凡之路，我们是看不到的，不过会有这种错觉：无论他是站在路边，还是人群中，他跟周围的世界都是格格不入的。

就像郭敬明写的那样，茫然四顾的区别是，四顾没有了，他只是显得很茫然。

朴树的微博名与佛经"缘起性空，三界唯心，有求皆苦，如是我闻"有关，显得异常玄乎，就如他的单纯一样。

又或许，异常单纯、心善的人，都有这般玄乎吧。

但，猛一看，会觉得朴树魔怔了，虚无了，就像拜佛的许巍、王菲、郑钧他们一样。

仔细一看，又觉得不对——朴树比他们病得更重！

也许，朴树只是看上去比较茫然，心里早就不迷茫了，永远是年轻气盛。

朴树说，他曾沉湎享乐以致失去才华。后来，投入音乐又陷入疯狂。

多年的治愈和挣扎后，他说感谢老天让他找到了状态。

这么长的时间里，我们历经过无常，也独自战斗过妖魔鬼怪，也越来越成熟了。

走过了少年时光，跨过了山和大海，也路过了人山人海，岁月无痕也就不见了。

二十年，人来人往，你还在，并不是你爱这圈子，而是这圈子爱永远一腔热血，永远热泪盈眶，横跨时光去追梦的你啊。

六

佛说：世间贪嗔痴都是虚妄。

可能朴树这么多年的心路，大概就像歌中隔壁老张讲的，年轻时，我和你一样的轻狂类似吧。

其实朴树是幸运的。

跟我或跟你们一样，偏执过或仍然还在偏执，看不透或大彻大悟过，拿得起，放不下或拿得起，放得下过。

但，这都不重要啊。

我们喜忧参半地过了二十多年，不只是证明人生虚妄，也不只是为了感慨生活的梦幻泡影。

不管我们现在活得怎么样，以后会怎么样，重要的是我们经历过惆怅。

但，那又如何？

至少，我们也会像朴树一样一腔热血，勇往直前。

朝歌晚丽

想去很多很多的地方，见很多很多有趣的人，一个不怎么正经并热爱写作的95后。

个人微信公众号：朝歌晚丽

我在你身边，从不曾离开

■ 朝歌晚丽

一

我是在医院病房醒来的，这个到处充斥着消毒水味的地方。记忆中，这是我成年以后第一次来医院。

病房不大，蓝色的窗帘被拉开，阳光照射进来，阳台处还放了一盆盆栽，白色的陶瓷盆，花瓣小小的，离得太远，看不真切颜色，也不知道是什么植物。

应该是多肉吧，这样想着，我起身下床，右手刚触到床，却突然传来一阵疼痛，我这才看向我的手，却发现，手臂上不知何时缠满了厚厚的绷带。

似乎腿也受伤了，我站起来的时候，感觉右腿有细微的疼痛传来。每走一步，都要承受一分痛楚，并不远的距离，我却走得很是艰难。我想要蹲下来，身体却像承受剧痛一般，我只好拖过了旁边的凳子，在离盆栽不远处坐了下来。

那植物，小小的黄绿色花瓣，呈莲座状，边缘微微泛红，像极了之前邻居送我的那盆盆栽，名字似乎是叫黄丽。

不知道为什么，看到这个盆栽，我突然想到了我的男朋友徐然。

哦，不对，是前男友。

他最喜欢这些花花草草了，尤其喜爱多肉，只是后来，他突然

失了踪迹，仿佛从来都不曾存在一般。

有时候，我都会想，他是否只是我臆想出来的一个人物。事实却证明，他的确来过。

想到他，我就觉得一阵头痛，索性不想了，摇了摇头，甩开那些思绪，从凳子起身，一瘸一拐地回到病床。

二

"朝歌，朝歌。"

我睡得迷迷糊糊的时候，总听到有人在对我说话，可是我醒来，房间却空无一人。正当我要再次睡过去的时候，那个声音，再次出现了。

"朝歌，朝歌。"

这次我听得真切，是个男声，可，病房里除了我之外并没有别人。想起诡异小说的情节，我感觉自己浑身都在发抖。忙把头蒙进被子，把自己从头到脚裹得严严实实。

"你……是谁？你是人是鬼啊……"我颤颤巍巍地开口，生怕这声音对自己不利。

那声音开口了："你怎么样？还好吗？"

"你是谁，是人是鬼？"

"你不记得我了吗？"

"你昏迷了许多天，终于醒了。"

我突然觉得一阵头痛，一瞬间，许多记忆涌了上来，我的头几乎要炸开，我不禁大喊："别说了，你别说了。"

那个声音，闻声而止，而我似乎有点承受不住，眼前一黑，晕了过去。

三

"去吃中餐吧,我同事说有一家餐厅的菜不错。"

"可是我想吃日式料理哎。"

正在我们为去哪里吃饭这个问题争论不下的时候,驾驶位上的老爸开口了:"那就听你女儿的,吃日式料理。"

可是,突然之间,白光一片,接着,车子一阵急刹车,而我由于重心不稳撞到了玻璃窗,再后来,我就失去了意识。

醒来以后,我发现自己还是在车厢。试着活动了一下,却发现身体竟没有一点疼痛感。想要打开车门,却发现自己好似触不到门把似的,怎么都打不开。

我试着移动位置,可是移动位置以后,我却愣住了,因为我的身体仍在原地,没有移动半分。

我的身体靠在窗上,额头上还有一个伤口,血顺着额头流下来,滴在了我的衣服上。

双唇没有一点血色,双眼紧闭。

我……这是……死了吗?

爸妈怎么样了?我这才想起爸妈,往前面驾驶座看去,却看见爸爸头靠在方向盘上,一动不动,副驾驶座的妈妈,头和我一样,靠在窗上,身上到处是玻璃碎片,染红了衣服,头上有一个很大的伤口,满脸都是血,很是狰狞。

我怎么喊,他们都不应我。

难道,我们都死了吗?

一股巨大的悲凉席卷了我,我无力捂脸蹲下,眼泪,一滴一滴掉了下来,透过指缝,浸湿了我的袖子。

四

不知道过了多久，我突然听到了妈妈的声音，她在叫我。

"歌儿，你醒醒。"

我赶忙起身，却发现妈妈不知何时已经醒了，她松开了安全带，爬到了后座，满是鲜血的手正触及我的脸庞，我脸上瞬间多了许多血迹。

她一直在叫我名字，我多想回应她，却发现自己根本发不出声音，只能干看着。

见我迟迟没有醒过来的迹象，妈妈突然想起什么似的，从口袋里掏出手机，拨通了120，只是她的动作很慢很慢，似乎每一个动作都需要承受莫大的痛楚。

"喂，你好，120吗？"

"环城中路发生了一场车祸，急需救治。"

"麻烦尽快过来，事情紧急，谢谢。"

说完，妈妈似乎失去了力气，趴我身上晕了过去，手机从手中滑落，掉在了地上。

电话还是在通话中，我隐约听见有声音传出来。

"喂，女士？"

"喂喂喂，能听到吗？"

只是妈妈，再也无法回答他了，过了几秒，手机传来"滴滴滴"的声音，对方已经挂断了电话。

手机屏幕瞬间还原，回到了桌面。桌面壁纸是一张合影，两个女子对着镜头，笑容灿烂。

那壁纸中的女子是我与妈妈，那张合影还是我们郊游的时候拍的。

我看着看着就笑了，笑着笑着就哭了。

五

恢复意识以后,我发现自己身在书店,而且是之前我常来的那个书店。

我不是出了车祸吗?怎么会在书店?

正恍惚中,我突然听到了我的声音。

"那好吧,去看嫌疑人 x 的献身。"

我回头一看,发现自己牵着一个男的,两人说说笑笑,一起走进书店。

那个男的,我也熟悉,不是别人,正是我前男友。

"就那么喜欢东野圭吾吗?"男生有些委屈地问。

"当然,东野圭吾的书特别棒!"

说完,又急急地补了一句。

"我喜欢东野圭吾,但我更喜欢你!"

听完,我笑了。

那一阵我特别喜欢东野圭吾,天天抱着他的书在看,爱不释手。吃饭看,睡觉也要看,他终于忍不住问我,竟是在吃醋。

想着想着,我又笑了。

六

我到了一个酒店,这酒店我总有一种莫名的熟悉感,似乎就是上次我们来的酒店。

房间很安静,并没有人。我走到窗前,拉开窗帘,外面天已经黑了,墙上的挂钟此时正指着 10。

10 点了,应该快来了吧。

果不其然,片刻,我就听到了钥匙开门的声音,两人相拥走了进来，步子踉跄，一身酒气。

房间的灯突然亮了起来，刺得我眼睛疼，我赶紧伸手去挡。

"我好喜欢你。"

"唔，我也是。"

听到声音，我松开了挡着的手，却发现我们此时双双躺在床上。

徐然拥着我，头埋在我肩上。半晌我听到他闷闷的声音，似乎带了一丝委屈。

"你刚刚说你喜欢东野圭吾胜过我。"

床上的我笑了。

"说什么你还真信啊，傻瓜。"

睡意袭来，我迷迷糊糊地亲了他一口，准备睡觉。

而他却立即回吻了我，我们就这样忘情地吻着。

在我等待他的下一步动作的时候，他却是停住了，拉过了被子帮我盖好，在我额头印下一吻，说了一句"睡觉"。

被子下我们身体紧紧相拥着，我的头埋在他胸间，疑惑地问他。

"这就没了？"

他笑了："你就这么喜欢我？"

我点了点头，他却是笑了，将我抱得更紧。

"傻瓜。"

我准备反驳，却还是似懂非懂地应了一声，在他怀中睡去。

次日清晨，我还是在酒店醒来，下意识往旁边一摸，却发现什么都触不到。

徐然呢？一个激灵，我瞬间清醒，猛地从床上起来，却不见他。

我叫他，没有人应我。

我找了很久，却怎么都找不到他。

看着空旷的房间，我突然失声哭了出来。

七

"徐然!"

我再次醒了过来,却发现自己还是在医院,手触及眼角,却发现眼角湿润,脸上还躺着两行清泪。

原来是梦啊,我轻拍胸口,大呼了一口气。

是梦就好,没事就好。

不经意间,看到了床上被我抓得褶皱的被单,我突然觉得有些苦涩。

他明明都消失了,我怎么会遇见他呢。

正恍惚间,我又听到了那个声音,那个盆栽的声音。

"你醒啦,做了噩梦吗?"

"没事的,噩梦都是反的。"

闻声,我看向阳台。房间的窗帘被拉开,暖暖的阳光照射在盆栽上,看起来,分外阳光。

我心情突然好了起来,对着盆栽道了声谢。

"谢谢你啊。"

这次,盆栽却没有回我。

过了很久很久,我才听到他的声音。

"你在听吗?"

我"嗯"了一声。

"我想讲个故事给你听。"

我虽然觉得奇怪,但没有打断他,而是示意他继续。

"一直以来,我的家族有个很奇怪的现象。"

"就像受到了诅咒一般。"

"一年之中,总有一个月,我们会突然变成盆栽。"

"寻不到规律,谁也不知道自己哪个月会变成盆栽。"

听到这里，我打断了他。

"你不是盆栽？而是突然变成盆栽的。你是人类？"

他"嗯"了一声，便再没出声。

就在我以为就这样结束的时候，他又出声了，语气很慢，带有一丝迟疑，似乎充满了不确定。

"如果……我说……我是……徐然，你……会信我吗？"

"啊，你说什么？"

他却只是叹息了一声，没有再说话。

八

次日清晨，我感觉脸上似乎有什么东西，很痒很痒，可是等我伸手去抓时，却什么都抓不到。

突然，我感觉有什么东西触到了我的额头，似乎是嘴唇。我瞬间没了睡意，睁开眼，映入眼帘的是一张放大的脸。

那张脸我很熟悉，是他，徐然。

见到我醒来，他很自然地和我打招呼："早上好啊。"

我不知道说什么，只好回了一句"早上好"。

"先吃早餐吧。"

他拉过凳子坐了下来，将手上提的东西，放在了床头柜。

"早上不能吃太油腻，我给你买了皮蛋瘦肉粥。"

说着，他就要喂我。我想拒绝，他却不让，说我手上有伤，不宜乱动。

喝粥的时候，我突然想起什么似的，问他："等下我想回家看看，爸妈电话没有人接，也一直没有来医院看我。"

话落，我感觉他的动作迟疑了一下，但他很快恢复过来："好啊，我陪你。"

九

徐然找了一个轮椅,推着我出了医院。这一路,我拨通爸妈的电话,却还是无人接听。到达小区楼下的时候,因为我行动不便,他抱着我上了楼。

只是开门以后,迎接我的是尘封已久的空气。

我怎么喊,都没有人应我。

我找遍了所有房间,都看不到人影,房间里的家具都蒙上了一层厚厚的灰尘,似乎已经很久没有人住了。

物是人非,不知怎的,我脑海里突然浮现这个词。

我想起了,我的那个梦境。难道,是真的吗?

爸妈,都……不在了吗?我突然感觉浑身都没了力气,就要倒下去。

而徐然,及时抱住了我。

靠在他的肩膀,我的眼泪突然止不住地流了下来。

我的爸妈,已经不在了。

似乎是察觉到我的情绪,他将我抱得更紧。

"别怕,有我在。我会一直陪着你。"

而我像抓住了救命稻草般,将他抱得更紧,在他怀里泪流满面。

"我还以为你再也不会回来了。"

他紧紧抱着我,在我耳旁轻轻出声:"其实,我一直都在,从不曾离开。"

不知怎的,我突然想到了那盆盆栽。

在你面前我是女汉子，他却把我宠成了小孩子

■ 朝歌晚丽

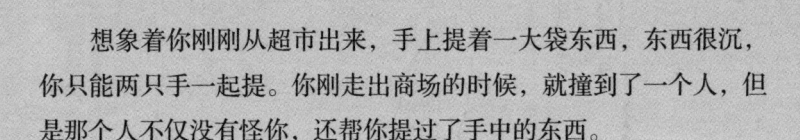

一

想象着你刚刚从超市出来，手上提着一大袋东西，东西很沉，你只能两只手一起提。你刚走出商场的时候，就撞到了一个人，但是那个人不仅没有怪你，还帮你提过了手中的东西。

是个好人，对吧，可，如果这个人是你前男友呢？

以上就是我与前男友刘涌相逢的情节。

说实话，我想过无数次与他重逢的画面，却没想过会是以这种方式遇见他。

当我抬头发现是他的时候，我们都愣住了："是你啊，不好意思。"

他笑了笑："见到我很意外？"

我突然不知道怎么开口，就这样呆呆地站在那里。

"苏若，你在想什么？"他伸手在我面前晃了晃。

"走吧，一起去咖啡厅坐坐吧。"我还未反驳，他已提过了我手中的购物袋，先一步往前面走去。而我只能慢慢地跟在后面，不敢靠得太近，也不敢离得太远。

二

过去，我们在一起的很长一段时间里，他都会问我同一个问题："你在想什么？"他说，我在胡思乱想的时候，眼睛会很专注，一动不动。

看电影的时候，他会问我。吃饭的时候，他会问我。我发呆的

时候，他也会问我。后来，这个问题我回答多了，而他就变得很了解我了，每当我专注地看着某样东西的时候，他总可以准确无误地说出我内心的想法。

只是，那都是我们在一起以后的事情了。我们还没在一起前，他从来不会问我这样的问题，他只会拿我们初次见面我摔跤的事取笑我。

其实，那件事已经过去很久了，可每当我想起，却仍历历在目。

那是大二的时候，有一阵我爹给我换了个新手机。vivo，我特喜欢，爱不释手，恨不得时时刻刻抱着个手机，就连走路吃饭都不放过。

遇见他那天，我抱着一堆书从校图书馆出来，手上还捧着个手机，手指不停地在键盘上动作，一边打字一边笑，根本没有留意脚下的路。然后，我就猝不及防地摔了一跤。

姿势很奇怪，双膝跪地双手撑地，而我的书和手机，全部掉了下来。膝盖和手臂全部负伤，疼得我龇牙咧嘴，根本无暇顾及那摔落一地的书和手机。

我正准备站起来查看伤口时，却听到了一阵笑声，紧接着，一双脚立在了我的面前，我尚未抬头，那双脚的主人却已经蹲了下来，我看见，有一双修长白皙的手，正拾起我的书本。

"摔傻了？"听到这个声音的时候，我感觉眼前有什么东西在晃动，这才反应过来。一把从他手里抢过书和手机，站起来就想跑。

却不想还没跑，膝盖就传来火辣辣的痛楚，我差点没忍住尖叫出声，我只得抱着东西，一瘸一拐地慢慢走。而后面，响起了一个略带笑意的声音。

"同学，我叫刘涌。你下次走路小心啊，可别又摔了。"

三

我叫苏若,我记得你。这是我对刘涌说的第一句话,在我们第二次见面的时候。

那是在我摔跤不久以后的计算机选修课上。那天我迟到了,怕被老师发现不敢从正门进入,只能从后门偷偷溜了进去,找个空位随便坐下。

做完这一切以后,我深呼一口气,可当我抬头,却发现,周围很多同学都看着我。而这众多的脸庞之中,就有他,刘涌。

很意外的,那天我的心绪怎么都集中不了,老师讲的什么内容,我也没有注意听。而下课以后,我做了一件自己都想不到的事情。

我拦住了刘涌,并对他说了那句话,而他的表情有些懵懂。好一会儿,他才开口说话,用了和我一模一样的句式:"我叫刘涌,我也记得你。"

后来,我主动问了他的联系方式。后来的后来,也是我主动追的他。

我们在一起那天,是大二那年的寒假。学校考完试以后,我们买了同一天的火车票回家。

那天他穿着一件灰色风衣,背着一个黑色的双肩背包。

候车的时候,我趁他不注意,偷偷地拉过他的手,然后,骗他闭上眼睛,自己则偷偷地在他唇上印下一吻。

几乎是同一时间,他睁开了眼睛,看着我很认真地说:"苏若,那是我的初吻。"

我冲他眨了眨眼睛:"那你要和我在一起吗?"

他别过头,没有回答我,可我却看见他偷偷地脸红了。

四

"苏若,你又在想什么?"

我被他的话突然惊醒,抬头看了看周围,才发现我们已经落座,而他早已点好了咖啡。

他将一杯咖啡推过来给我:"帮你点的摩卡,试试。"

和他在一起时就是这样,似乎我从来都不用纠结选什么,他总会在选择之前,帮我做好选择。

"这一年,你过得还好?"

我接过咖啡搅拌了一下,才不以为然地回他:"很好啊。"

他似乎没有想到我会这样回答,愣了好久,才缓缓出声:"你过得好就好。我就是觉得,挺对不起你的。"

我毫不在意地说:"其实,你也没对不起我什么,不过是一个愿打,一个愿挨。"

他却只是看了看我,欲言又止。

五

其实,我们在一起的时候,我真的有想过和他共度一生。

那是刚在一起那会,那时候我们天天煲电话粥,而他对我也十分宠溺,会给我唱歌,什么都依着我。

我们没有约好一起去学校,甚至我都没有告诉他我返校的时间。可假期结束,我到达学校以后,却发现他在我宿舍楼下等我。

那天他穿着一件臃肿的黑色羽绒服,坐在宿舍楼下的台阶上,旁边还放着几袋土特产。

看到他的那瞬间,我感觉我的心被塞得满满的。我拖着行李箱,忍不住脚步轻快地朝他走过去。

"怎么都没穿得好看一点来见我啊。"

他站起来，看着我笑了。

"火车上比较脏嘛。"

而我的关注重点却是：他一下火车就过来找我了。

因为那几袋土特产，我对他更喜欢了，老拖着他陪我玩这玩那，缠着他带我去这去那，他的自行车后座，更是成了我的专属座位。

风吹过来的时候，我会紧紧抱住他的腰。他总说，我这是在趁机揩油，可我却不管不顾将他抱得更紧。

我们偶尔也会发生争吵，可是他从来都不会恼怒，他只会在我气得跳脚的时候，说上一句："苏若，你生气的样子真好看，不骗你。"

而我再也气不起来，只想冲上去紧紧地抱住他。

六

只是那时候，我没有想到，我们以后会分开。

开学以后，他们班级组织了一次聚餐，而他带上了我。

喝酒的时候，大家都调侃他，而他则大声和所有人宣布："这是我女朋友，同时她也会是我未来的妻子。"

听到这话的那一瞬间，我的眼泪几乎要掉下来。

那次聚餐，我们都喝多了，我不知道他是否有喝醉，可我却很清醒。

聚餐结束以后，我们去酒店开了一间房。而就在这个晚上，我把自己给了他。

从这以后，我们的关系似乎越来越好，只是后来发生的事情，我们谁都没有想到。

我怀孕了。

我起初以为是自己胃不好等原因，却不想，去医院检查以后，医生告诉我，我怀孕了。

听到这个消息的那一瞬间，我差点晕倒，我不知道后来自己是怎么走出医院，又是怎么走回宿舍的。

回去以后，我拨通了他的号码，电话马上接通，话筒中传来的是他略显焦急的声音。

"今天你去哪里了，出了什么事？我怎么都找不到你。"

我从来没有一刻像这样感觉，和他说话，是一件痛苦的事。我握紧了手机，好久才对电话那边的他出声："我，怀孕了。"

他似乎是没有听清楚。"你说什么？"

"我，怀孕了。"

这次他沉默了好久，然后，我听到他说："我很爱你，但是这个孩子，我们目前还不能要。"

"我知道，明天你陪我去医院做人流吧。"

说完，不再等他回复，我挂断了电话。我早猜到会是这样的结果，一点都不意外。

七

只是自那以后，我开始变得患得患失起来，总是担心他会离开我，而我越是担心，就越表现不好。

到了毕业季，我更加的神经质，经常生气，不管他说什么都没有用。

后来，我们因为一件小事爆发了争吵。我变得歇斯底里，而他没有像往常一样安慰我，只是沉默。

许久的沉默以后，他对我说："分手吧，我累了。"

说完，他就走了，再也没有回头。而他走了以后，我突然像泄了气的气球，对着他的背影，大声哭喊："我错了，别分手好不好？"

可是，即使我嗓子都喊哑了，他也没有回头。

再后来，我跑到了他的宿舍楼下，只是不管我怎么打他电话，发他短信，怎么喊他，他都不曾下楼看过我。

我的世界就在那一瞬间崩塌，眼泪倾盆而下，怎么都止不住。

忘记在我哭了多久以后，我感觉似乎有什么东西落在了我的肩上，我回过神，擦了擦眼泪，伸手一摸，是一件衣服。

我以为是他，满怀欣喜地回头，却发现只是一个陌生人。那个陌生人，他既没有安慰我，也没有走，只是静静地站在那里，陪着我。

那天我哭了有多久，他就陪了我有多久。

八

放在桌面上的手机突然响起，拉回了我的思绪，我拿过手机一看，发现是华先生的电话，赶紧按下接听。

"买个东西你又跑哪玩去了，不是说好在商场门口等我吗？"

看了看对面的他，我突然变得底气不足："那个……和一个朋友在咖啡厅。"

告诉华先生咖啡厅地址以后，他只说了一句："在那等我，马上就到！"便挂了电话。

"你男朋友？"

我抬头看了他一眼，继而点了点头。

而他却突然变得窘迫起来，说话有些语无伦次："对不起……其实……当年……你在我宿舍楼下，我是知道的。听到你哭，我挺难受的。"

我抬头看向窗外，发现华先生已经到了，我向华先生招了招手，这才回复他："没事，那些都已经过去了。"

见华先生过来，我赶忙起身，准备提过袋子就走，可华先生却比我更快地提过了桌上的购物袋。

"买了什么东西？这么沉。"

"回去不就知道了。"

我牵着华先生，要走的时候才想起来，似乎还没有向他介绍。正要开口，却听刘涌说："祝你幸福。"

"谢谢，我会的。"

说完，不等他回复，我与华先生直接携手离开了咖啡厅。

九

在车上的时候，华先生仍然和往常一样，可我却觉得有些歉疚。

"刚才咖啡厅的男人……其实，是我前男友。"

说完，我忐忑地望着华先生。他听了以后没有任何反应。语气也很平常，就像是在说，今天天气很好一样。

"哦，那有什么。"

我惊了，马上反问他："难道你不担心吗？"

正在开车的华先生笑了："你的人、你的未来都是我的，我还担心什么。"

听他说完，我也笑了。

"刚刚买了鸡翅，今晚我要吃可乐鸡翅。"

华先生伸手摸了摸我的头，看着我笑了："馋猫。"

我马上偏过了头，作势要离他的手远点："别老摸头，会长不高的。"

他笑得更是大声："好，不摸，不摸。"

"对了，可乐鸡翅你多放点可乐，不要每次都那么小气只放那么点。"

"好好好，都依你的。你说放多少，就放多少。"

我脑海中突然冒出来一个念头，我朝正在开车的华先生凑了过去，他似乎被我惊到，只是他还没来得及说话，就被我制止。

"你今天表现好，本宝宝有赏。"

说完，我在他脸上迅速亲了一下，继而很快回到座位，假装什么都不曾发生。

我没有告诉刘涌，那天我在他宿舍楼下遇到了一个陌生人，没有告诉他，我和那个陌生人在一起了，也没有告诉他，那个陌生人，就是华先生，更没有告诉他，华先生从来不问我在想什么，可是我想的他都知道。

我是猫

■ 朝歌晚丽

我是一只不纯的黑色折耳猫，与宠物店的其他同伴相比，我的年纪算比较大了。因此，我在宠物店并不受欢迎。

我也设想过，会有一个善良的女孩或男孩，他们不会介意我的血统，不会介意我的年龄，他们会带我回家。

可是，每次走进宠物店的人们，他们并不看我，他们带走了我周围的同伴，可是没有一个人愿意带走我。

终于，有一个带着小孩的妇人，她发现了我，我察觉到她对我似乎有些兴趣，用头蹭她的手，而她，似乎真的想带走我。她向宠物店的饲养员问了我的血统，问了我的年龄，得知我的血统并不纯，年龄已经2岁时，她很失望地离开了宠物店，再也没有看我一眼。我从来没有像此刻一样痛恨我的父母，痛恨我的血统。为什么我不纯？

从那以后，我再也不对来宠物店的人抱有任何期望，我也再没有想过，会有人带走我。我以为我会在宠物店过完这一生，直到我遇见了她。

　　那天的天气并不好，雨下得很大，而她没有带伞，几乎全身湿透地跑到宠物店的屋檐下来躲雨，她的头发很长，并没有绑起来，我看见她的发丝都在往下滴水，滴到了她的脸颊，接着，我看见她用皮筋绑好了头发，让自己不至于看起来太狼狈，这个时候，她还没有看见我。

　　雨下得更大了，外面的风也很大，她单薄的衣服，被风吹得几乎都要飞起来了。她冻得全身都在发抖，宠物店的人员发现了站在外面的她，邀请她进来宠物店避雨，而她，终于走进了宠物店。

　　似乎是察觉到我的注视，她看见了我，朝我走了过来，想抚摸我的头，手伸在半空却又停住了，她从包里掏出纸巾擦了擦手上的水，才摸向我的头，她的手并不温暖，有点凉，可我很喜欢。

　　雨停了，她该走了，她最后不舍地又摸了下我的头，叹息一声，离开了宠物店。

　　我以为再也不会遇见她，可是天黑的时候，她却回来了，她跑得似乎有些急，脸上挂着密密麻麻的汗珠，她走向了饲养员，她说，她要带走我。饲养员告诉了她我的血统，我的年龄，她只是不以为意地反问："然后呢，这重要吗？"

　　即使我作为一只血统并不纯的猫，却也知道我的价格不会太低。她看起来并不富裕，也许带走我需要她一个月的工资，可是她还是带走了我。

　　她买了一个背的猫笼，小心翼翼地把我放在里面，背在肩上，走出了宠物店。

　　我最后看了一眼，这个我生活了两年的家，便不再回头。我知道，我不会再来到这里。

她带我来到了她的家。一个不大的房间，只放了一张大床，一个衣柜，几张小书桌，一张地毯。她的东西有些凌乱，可我却觉得很有家的感觉，这就是我以后要生活的地方了啊。

似乎是第一次养猫，她家里没有任何猫用的东西，连猫粮都是方才在宠物店临时买的。

不知道她从哪里听来，猫怕冷，她找出了自己许多旧衣服，把我包得严严实实，只露出一个头，又在靠墙的地毯边上铺了好几件衣服，对我说，这就是我今晚的床了。接着，她把我放了上去，她似乎还怕我冷，又将暖手宝充了电，放在旁边。做完这一切的她，长吁了一口气，终于关灯睡觉了，而我看着那个所谓的窝，有些哭笑不得。

她上班有些晚，早上10点还在呼呼大睡，而我早就醒了，正想走动走动，却看到了她放在床边的猫粮。我的眼角似乎有些湿润，这是第一次，有人对我这样好。

她会带我去公司，这是我没有想到的。她的公司停了很多两个轮子和三个轮子的车，也放了好多好多大大的箱子，而她则用其中的一个箱子，做成了我另外一个家。

我在他们公司没有看见其他女性，这是我觉得最奇怪的地方，只有她一个女生，她总是在一台会发光的机器那里工作。他们公司的人似乎并不怎么喜欢我，可是，她仍然将我照顾得很好，没有让我受到一点点的委屈。

我想，她对我这么好，我也应该努力保护她。

我不是纯种的，她却总是告诉我，即使你不是纯的，你也是这个世界上最独一无二的。

她会给我准备最适合我口味的猫粮。

她会给我准备最干净的水。

她会给我买最温暖的猫窝。

她会给我买最好玩的玩具。

她永远都会让我身上保持干净。

她从来不会嫌弃我。

她给我足够的自由。

她会努力将我照顾得更好。

她总是默默清理我的厕所没有任何怨言,并且一直让厕所保持干净。

她会给我买最柔软的猫砂。

她永远不会让我挨饿。

她从来不会对我生气。

她永远都是那么温柔。

她会陪我玩,学我叫。

她给我起了一个最好听的名字,梅歌。

她说这个歌字是她最爱的人的名字,她说让我跟张嘉佳的爱狗梅茜姓,姓梅。她说虽然这个名字听起来很像没哥,但是,人家张嘉佳的爱狗还叫梅茜(没钱)呢。她还说,没准哪天我和梅茜能遇到呢,到时候还可以抱抱大腿。

我很调皮,我喜欢到处跳来跳去,她没有拦着我,反而是用手挡住边缘,担心我摔跤。

我喜欢在她腿上睡觉,而她也不会赶我走,甚至会为了我保持一个动作几个小时。

我跳上她的凳子的时候,指甲经常划伤她的手臂,而她从来没有介意过。

我希望自己可以一直一直陪着她,和她在一起。

可是,我更希望,她可以过得快乐,哪怕我会因此流浪。

我想,我爱她。

可是,我终究是要离开的。

这天，她很忙很忙，忙得几乎没有任何时间和我玩，也没有理会我。我喵了几声，希望引起她的注意，可是，却因此让她挨了骂。她对面的那个男生，一直不喜欢我，我知道的，可是我没想到，我叫几声，他会生气成这样。

他对她说："你看你养的什么鬼东西，吵死个人，你要养别在这里养，你是个废人，你养的东西也是废物。"她只是看着他，没有说话，默默地抱过我，轻轻地抚摸我的头。从这以后，我决定以后再也不叫了。

一个下雨天，那个男生刚从外面回来，身上几乎淋湿。我历来有些怕他，他过来的时候，我跑得有些急，蹭倒了垃圾桶。

他进来的时候，看见垃圾桶的垃圾倒出来了，而她在扫，他似乎又生气了。"你养的这个东西不要在这里养，要不然哪天惹到我了我把它丢出去你信不信！"她抱着我，看着他，并不说话，可我知道，她并不高兴。他看见她看着他，有些恼火地拿过了一旁的书，朝她砸了过去，还骂了一句："废人。"

他走了出去，她却哭了。我想做些什么，我走了过去，蹭了蹭她的腿，我想安慰她，我想她开心，可是她只是抱着我哭得更为伤心。

第一次，我觉得自己是这样的没用。

也许，我不应该在这里。

也许，我该离开了。

我跳上了她的凳子，趴在她的腿上，亲吻了一下她的手背，最后在她胸口蹭了蹭，便跳了下去。我从门口跑了出去，再也没回头。

我知道她跟出来找我了，我知道她在呼唤我的名字。我知道，她找了我很久，我还知道，她哭了，可是我不能回去了。

我希望她过得好，哪怕没有我。无论我走到哪里，我都会由衷祝福她过得幸福。而与她有关的记忆，会是我这辈子最美好的回忆。

我开始了漫无目的的流浪，我会去哪里，我不知道，我该去哪里,我也不知道,我会遇到谁,明天会是怎样,我都不知道,可我,不后悔。

我努力变好,就是为了和你在一起

■ 朝歌晚丽

一

最近上海的天气有些多变,上午还是大晴天,下午就狂风大作暴雨不停。

上班时,放在桌面的手机突然响起,我拿过手机看了一下,按下接听,将手机靠近耳边。

"向晚,天气似乎不怎么好,你要好好照顾自己。我很快就回来了。"

我笑着对电话那头的人说:"北京的天气更不好,你自己注意啊。我等你回来。"

电话挂断以后,我的嘴角依然上扬着。他是朱祺,一个对我很好很温暖,我很爱的人。

二

认识朱祺那年,我 19 岁,上了一所三流大学,没什么特长,没什么爱好。整天无所事事,做什么都提不起兴趣,偏偏还对自己有一种迷之自信,觉得自己很优秀。

我是一个路痴，出去玩甚至都不知道怎么回学校。

遇到朱祺的那个下午，我正抱着手机研究怎么导航才能找到去学校的路。

正当我抱着手机东张西望的时候，朱祺走了过来。当然，他只是路过，不过我拦住了他。

"你好，请问一下去某某大学，应该怎么走。"

朱祺取下了一只耳机，对我说："坐304路车就好了。"

"在哪边坐车，在哪个站下？"

"就对面的公交站，坐两个站。我和你一个学校，现在也要过去，你跟着我走吧。"

我一听，高兴得差点蹦起来，忙跟上朱祺，和他并排走。

车子慢慢地行驶，我也渐渐看到了熟悉的建筑物，这才真正放心下来。下车以后，我跟在朱祺后面，和他道谢。

"谢谢你啊，同学你叫什么名字啊？"

"朱祺。"

就在他即将走掉的时候，我又追了上去。

"同学同学，加个微信吧。"

朱祺突然停住了，看了我很久，但最后他还是没拒绝我。而问到朱祺微信的我高兴得像个孩子一样，一蹦一跳地回到宿舍。

三

加了朱祺微信以后，我时不时骚扰他，尽管他很少回复，但我仍然很准时对他发早中午晚安，一天不落。

在即将到来的那个圣诞节，我终于鼓起勇气约了朱祺见面。

在学校的圣诞树下，我同朱祺告白了。毫无疑问的是，他拒绝我了。

在他要转身离开的时候,我拽住了他,不让他走。

"你不答应我我就哭给你看。"

"我知道我现在还不优秀,可我会努力变得优秀。"

"你答不答应我,不答应我真哭了。"

可朱祺仍然无动于衷,用力松开了我的手,然后走了。

看着他离开,一瞬间我的所有委屈,所有不快全部一起涌了上来,我的眼泪就这样掉了下来。

我对着他的背影哭喊:"朱祺你别走。"

在周围人的视线都聚集在我身上的时候,朱祺也走了过来。

"同学,我真的不喜欢你,也和你不熟。"

我却是不管不顾:"一回生二回熟,我那么喜欢你,你答应我不行吗?"

许是见我越哭越厉害,朱祺终究没忍心再拒绝我。

四

朱祺是学霸也是男神,我们在一起一个月以后我才知道这个事实。

"向晚,你能告诉我你脑袋里装的是什么吗?这么简单的题你都不会。"

我抬头对上朱祺的眼睛:"我脑袋里装的都是你啊。"

朱祺似乎没想到我会这样说,有一瞬间的尴尬:"咳咳,严肃一点,你上课干吗去了?"

"睡觉啊,晚上总是睡不好。"

朱祺是真的严肃了:"你爸妈辛辛苦苦供你上大学是让你换地方来睡觉的吗?"

我正想反驳,朱祺却直接走了。

回到宿舍我问闺密:"我真的有那么差劲吗?我上课睡觉是不

是错了？"

闺蜜一边看视频一边小鸡啄米似的狂点头。

五

在朱祺连续一个星期不理我以后，我下定决心开始改变。

我开始认真听课，开始早起，开始运动，开始看书，开始天天往图书馆跑。

我就坐在朱祺对面，他看他的书，我看我的，互不打扰。

"以后看书记得带笔记本做笔记，这样才事半功倍。"

我正沉浸于书中无法自拔的时候，突然听到朱祺的声音，我满怀喜悦抬头，发现他正看着我。

"你愿意理我啦？"

朱祺却对我说："别看我，看书。"

看了眼时间，已经到饭点了。我抬头看了眼对面的朱祺，试探性地问："那个，要不要先吃饭？"

朱祺看了眼时间，继而点了点头。

六

我们刚在一起的时候，朱祺总是问我一个问题："向晚，你为什么喜欢我？"

我每次的回答都能让他面红耳赤："因为我想和你一起睡觉。"

我反问他的时候，他却每次都想好久，才说"你喜欢我，我才喜欢你"。

我和朱祺在一起以后，我的改变让周围人都大吃了一惊，我妈更是意外，我竟然会想考研。因为考研，我们除了吃饭睡觉，其他时间都待在图书馆。

我曾问朱祺:"我成绩这么差,要是考研没过怎么办。"

"没过,我就不喜欢你了。"

"你本来就没喜欢过我。"

尽管我很努力,可我仍旧失败了。

成绩出来的那天,我感觉我的天都要塌下来了。我这么差,朱祺怎么会喜欢我。那天我在校外晃荡了一整天,我没有联系朱祺,也没回他信息。可我回到宿舍以后,却发现他在宿舍门口等我。

他坐在宿舍的楼梯上,不停地对着手指哈气,看见他的一瞬间,我的眼泪几乎都要掉下来。我再也忍不住,快步朝他走过去。

"你怎么在这里?"

朱祺闻声站起来:"你去哪了?"

我突然变得底气不足起来。"考研失败,我去外面走了几圈,你是不是不喜欢我了?"

朱祺什么都没说,只是紧紧抱住我。

七

在一起的时候,我们也经常吵架,吵得最严重的那次,我们冷战了一个星期。

最后,我受不了,把朱祺堵在了图书馆门口。

"你还要多久才和我说话?"

朱祺不说话。

"你再不说话,我就亲你了。"

可是他那么高我又亲不到。最后,我觉得委屈,眼泪刷刷刷就掉了下来。

见我掉泪,朱祺终于有了反应:"别哭了,这么多人看着,我

理你还不成嘛。"

我不管不顾地抱住了他,在他怀里破涕为笑。

毕业以后,我与朱祺一同去了上海。上海的消费很高,我们的生活并没有想象中美好,我们一起蜗居在嘉定区的一个几平方米的出租房里,天天吃泡面,除了车费,其他的钱我们都不敢花,可我们仍然很幸福,每晚我们都相拥而眠。

朱祺找到工作的那天,我们用了身上仅有的几百块,去了一个西餐厅。朱祺说,虽然现在还不能让我过上好的生活,可他一定会努力对我好。

那天的后果就是,在朱祺发工资之前的一个月,我们两个每天都同吃一份午餐。每次和父母通话,都还要装作自己过得很好。

虽然过得也许并不好,可我们每天都很开心。

后来,我找到工作的一个月以后,朱祺升职了,月薪涨了不少,可他却频繁出差,一个星期没有几天在家。每晚我回家,面对我的都是空荡荡的房间。

为了朱祺,我学会了做饭,学会了收拾家里,学会了精打细算。

在上海一年以后,我们的生活才慢慢稳定下来。可想起那些蜗居吃泡面的日子,我仍然觉得快乐。

后来,他带我回家,我判断不出他父母是否喜欢我,可那天,他一直紧紧牵着我,他对他父母说:"这辈子,我只想和向晚在一起。"

八

朱祺回来的那天,上海天气很好,我请了假去机场接他。他穿了一件蓝色衬衣,拖着行李箱,慢慢朝我走来。

"有没有想我?"

"想想想,当然想,我好久没吃大餐了,等你回来吃大餐的。"

朱祺牵过我的手:"我算大餐吗?"

我笑了:"你是我最想最想吃的大餐。"

朱祺立马用一种异样的眼神看着我:"没想到你是这样的晚晚。"

我踮起脚在朱祺耳旁说了一句:"你已经是我的了,现在才知道,迟了。"

你一定要努力,但千万别着急

■ 朝歌晚丽

一

不知道从什么时候起,自己养成了一种习惯。

每逢心情不好,都会码字,似乎,这样可以让我平静下来。

好像真的是这样,通常到后面,我总能平静下来,甚至都不知道,自己不快的原因是什么。

我是一个独来独往的人,在广州这个地方,我的朋友不多,除了远在番禺石基的闺密,基本上可以说没有朋友。

亲爱的,你曾经有没有过那么一瞬间,觉得自己特别渺小、特别孤单、特别无助?

我有。

一个人走在大街上,看着来来往往的行人,每个人都有自己的目的地,只有我漫无目的,东张西望。

如果你也生活在广州,如果你曾在路上看到过一个拿着手机没有方向并且东张西望的女孩,也许那个女孩,就是我。

二

我坐反过公交车，地铁坐过站，也迷过路。

坐反公交车那次，我拍了照片发了朋友圈。

大家都是点赞，或者评论景色。

关心我坐反车的人没有一个。

地铁坐过站那次，是去朋友那，末班车。

深夜12点，我一个人在陌生的地方。街上很安静，没有一个人，甚至都没有一辆车通过。

很冷，很黑，滴滴打车都打不到。

而我的朋友这样说："你找个旅馆，第二天再来。"

昨天，我去了图书馆，出来的时候忘记地铁路线了。

找不到地铁站，问了许多人，走了许久，找了两个小时都还没找到。

发了朋友圈，评论点赞的人不少，可重点都是图片。

唯有三个人是担心，我爸和我妈，另外一个是简书的姐姐。

三

或许是小时候在医院的时间太长，以至于我对医院产生了一种恐惧感。

我从来没有一个人去过医院，以往每次去医院也是有爸妈相陪，而距离我上次去医院，已经六年了。

我曾希望自己这一辈子都不再踏入医院，但上天显然不能让我如愿。

自我过敏以后，脸上总是时好时坏，爸妈担心，总是催我去医院。

我却一直拖着，迟迟不肯去。因为我害怕去医院，特别害怕。

国际孤独对照表的事情，除了一个人去医院，其他我全部做了。

所以我一直不愿踏出这一步，不愿走向那个我恐惧的地方。

可最后，我还是迈出了这一步，决定去医院，一个人。

我事先并不知道医院需要预约，到了以后才被告知，就诊没号了，需要预约。

和朋友说了以后，她说，我不是早就和你说了，一般看病都要预约，我以为你知道。

四

我们都是擅长伪装自己情绪的人。

我是，我姐亦是。

我姐有一段六年未果的感情，可即使分手了，我姐也仍和从前一样。

爱吃，爱玩，爱笑，从她身上看不出来一点点难过的痕迹。

因为她的笑容，迷惑了我。我一直以为这段感情，对她没造成什么伤害。

前几天，老姐突然对我说，想让我帮她写一篇小说。

也是那个时候，老姐告诉了我许多许多事情。

那时候我才知道那段感情对她造成的伤害，以及她对这段感情的不确定。

她真的被伤透了，因此变得小心翼翼，不敢再交心。

可我那时候也仅仅只是知道，那段感情我姐并非就如表面那般不在意。

直到前段时间的一件事，我才真正体会到老姐的心情。

我知道，她的伤与痛，比我知道的更多。

我突然很心疼她。如开头所言，我们都是擅长伪装自己情绪的

人，很多时候也许都是在强颜欢笑。

我是，她亦是。只不过她比之我更胜一筹。

五

忘记是什么时候了，自己在简书发过一篇文章。

那篇文章不长，却处处透露着消极的情绪。

其实，那篇文章是我心情不好的产物。

边哭边写，泪流干了，心静了，文章也写完了。

可原因却是我自己造成的。那段时间，我刚刚过敏不久。自己无法接受这个事实，看着镜子里那张不复从前的脸，就会开始自卑。

我讨厌这样的自己，当时甚至有过轻生的念头。

告知朋友以后，却被说：我太夸张了，至于吗？

似乎自从初中时候起，自卑就在我身上埋下了种子。总是在我不经意的时候，突然出现。

初中的时候，我很喜欢班上的一个男孩子，可后来，因为某些原因，他讨厌我了。

于是我变得自卑。

开始觉得自己不好看，觉得自己成绩不够好，觉得自己不高，总之，感觉自己一无是处。

即使如今，自卑也如影随形。

在百度云偶然看到自己过去的照片，一对比，从心底生出一种自卑，觉得自己的容颜再也回不去了，自己将永远不再自信。

在空间，看到朋友的自拍，联想到如今的自己，也会生出一种自卑。

自卑，似乎无处不在。

六

我曾一个人独自去青岛，在我 15 岁那年。

那是我第一次独自坐火车远行，去往一个没有自己认识的人，一个自己完全陌生的地方。有的，只是一个胡椒网友。

去之前，我也曾抱有许多许多的期望。可到了以后，却并不如我想象中那样。

没有人接我，我自己问路许久，乘公交许久，最后来到她在的地方。

在我 17 岁时，我也曾独自去往上海。那个我心心念念却又完全陌生的城市。

什么都没有，有的也只是一个胡椒网友。

与前面一样，并没有朝我预想的发展，而是我自己找了过去。

可对于那两个胡椒，我一直都心存感激。

对于那两次远行，我也未曾后悔。

七

随着时间的推移，许多事情都慢慢改变了。

或许曾经我被人利用，帮别人擦黑板，做些她不愿意做的事情。

可如今，我可以分辨出哪些是利用，哪些是真心。

或许曾经我经常因为他人对胡歌言语不敬而发怒、哭泣。

或许曾经我也因为同学联系的减少，黯然神伤。

可如今，我却能很好地控制自己的情绪，对于同样的事情我也能处之泰然保持理性。对于那些曾经的朋友同学，我也能顺其自然。

我知道，每个人都有自己的生活，我终究要成长。

八

　　我也有做过让自己后悔的事情，不过那只是过去的自己，而不是现在的自己。

　　我曾经放弃了我唾手可得的英语学校，放弃了继续学习的机会，以至于导致了现在的自己。

　　我总是在想，如果当时我做的另外一个决定，那么我的生活会不会就不一样了？

　　我过得是会比现在好呢，还是更差？

　　答案我并不知道。每个选择所对应的道路都不同，自己的选择即使后悔也没有用，就算是跪着也要走完。

　　姐姐说过，年轻是最好的资本。

　　我很喜欢这句话，并且我也这样坚信。

　　我知道那些我所失去的，我都会通过如今的努力去得来。

　　我的人生，将会更好。

共央君

想讲够身边 100 个真实故事，不优雅不从容不淡定的吕同学。

个人微信公众号：共央君

富贵叔的爱情

■ 共央君

一

今天要说的，是关于老家的一位传奇老人，富贵叔的故事。

说起富贵叔啊，年轻时可是长得一表人才，是村里唯一的高中生，也是唯一在县城里当过副厂长的人，用如今的话来说那就是杠杠的"高富帅"啊。

在那时，富贵叔可威风哩，绝对是村里人一提起都竖起大拇指的骄傲。

按理说，富贵富贵，人如其名，如此好的条件，应该迎娶白富美走向人生巅峰吧。

可世事无常啊，如今的富贵，没钱没媳妇，脑子又出了点毛病，最常做的一件事就是搬着一张小板凳，一个人孤零零地坐在家门口痴痴望着天空晒太阳，背影孤寂而冷清，让人忍不住心疼。

从"高富帅"逆袭成"穷屌丝"，这里面还藏着一段关于富贵叔的往事。

二

富贵是家里的老幺，上面有三个姐姐，据说当年富贵出生时难

产,九死一生,好不容易活下来的男娃娃,家里人自然是疼得不得了,事事都顺着他。

虽说被家里人常年惯着,养成骄纵的性格,但好在富贵是块读书的料子,回回考第一名。那时候,富贵全家人鼻子孔都快顶到天上去了,逢人便说:"我家富贵啊,读书厉害了,将来肯定有大出息……"

一传十,十传百,一下子全村人都知道富贵是个潜力股了。就连住在对面的村长都屁颠屁颠地赶来说要把自己的女儿凤珍嫁给富贵。

富贵也不辱使命,跟着一亲戚到县城里的厂子干活,为人机灵懂得看人眼色,又一张嘴能说会道,不到几年就做到了副厂长的位置。

村长原本算计着富贵当上了副厂长了,自己也该做个副厂长的老丈人了吧,便把两家人订下婚约的事又大肆张扬地说了一番。

原以为水到渠成的事,谁知道,半路杀出了个程咬金。

原来啊,富贵和厂里的一个女工好上了。

这个女工叫玉芳,比富贵小两岁。虽然玉芳只读到了小学三年级,但在那时来说,她在女性中已经算是个文化人了。再加上玉芳长得眉清目秀的,常常在脸上打一些胭脂,看起来更加迷人。

玉芳不仅长得好看,为人也十分精明,经常能够在富贵犯难时出点子,这让富贵对她刮目相看。

两人整天在厂里眉来眼去,抬头不见低头见,渐渐就培养出感情来了。

所以,在村长提出他和凤珍的婚事时,他是极力反对的。

虽然凤珍是村长女儿,但是她大字不识一个,成天只知道干活,富贵打心眼里看不起她。

在他看来,唯有美貌与智慧并重的玉芳才是他的理想妻子。

家里人拗不过富贵，只好任由着他的性子来，厚着脸皮去把亲事给推了。

村长知道了大为恼火，可这事也不能逼迫，但脸上始终挂不住面子，便匆匆把凤珍嫁给了隔壁村的一个小伙。

解除了婚约的富贵一身轻松，立马就向玉芳求婚了，虽然还没领证，可俨然已经过上了小夫妻的生活，玉芳辞职在家干活为富贵打理好一切，生活惬意得很。

三

不过，倘若生活如此简单，便没有了人生百态的折磨了。

听村里其他人说，婚后的玉芳迷上了赌博，短短几个月内就把富贵几年的家产全部赌完了，就连住的房子也被拿去做了抵押，而富贵为了帮玉芳还债，擅自挪用了公款。

及时填补还是能混过去的，结果运气实在是背，正巧碰上市领导检查，一下子就穿帮了。

几乎是同一天，得知富贵丢了工作的玉芳留下一纸离婚协议书就跑得没影了。

一边欠了一屁股债要还，一边丢了工作，现在连媳妇都跑了。

富贵看着一纸离婚协议书，只觉得浑身都在颤抖，眼前一黑就晕倒在了地上，嘴里还念叨着："罗玉芳啊，你可害死我啦。"

一时气急攻心，一向身强力壮的富贵就这么病倒了。他不敢告诉父母自己的状况，毕竟当初和村长家退婚一事，使得不少村里人在背后说三道四。

病就这么拖着，直到大姐去县城里看望富贵，当时富贵已经连续高烧了一个多星期，全身抽搐，还口吐白沫。

大姐立马将富贵送往医院救治，却早已错过最佳时机，富贵就

这样得了轻微脑损伤。

这对于全家人来说无疑是晴天霹雳,最寄予厚望的小儿子,不仅没了工作没了媳妇欠了一屁股债,如今脑子也出了毛病,一连好几天富贵家只能用愁云惨淡来形容。

四

不过,病好后的富贵,人倒和善起来了。对谁都客客气气的,常常坐在家门口,傻笑着与往来的村民们打着招呼,完全没有了之前的傲气和副厂长的架子。

一天,富贵拿着小板凳走到门口时,他发现对面一户人家的姑娘也在门口坐着。

阳光有些刺眼,但却不失柔和,姑娘用手挡住眼睛,透过指缝看着湛蓝的天空。

她看见了富贵,便露出淡淡的微笑打着招呼,一笑一颦都让富贵看呆了。

那一刻,笑容就像一支丘比特的箭,直击心房,手上拎着的小板凳"哐当"一下子掉到了地上,富贵只好尴尬地挠挠头笑着。

从那以后,两人仿佛心照不宣,每到下午太阳快要落山时,两人就会不约而同地坐在门口。

两人打照面多了,自然就熟络起来,开始有一搭没一搭地聊天,当看到姑娘被自己的笑话笑弯了腰时,富贵心里是说不出的欣喜啊。

有一次,两人正聊得热火朝天时,突然听到身后传来一阵怒吼:

"凤珍,谁让你和这个傻子聊天的!"

富贵一回头,差点吓尿了,原来是村长。

不由分说,村长冲过来就把凤珍给拉走了,边走还边咒骂着,"当初就这傻子甩的你,要不然你现在也不会守寡。"

后来一问父母才知道，当初凤珍匆匆嫁的丈夫并不好，有暴力倾向，常常把凤珍打得鼻青脸肿的，后来惹了事跟一群流氓打架，居然被打死了，真不知对凤珍来说究竟是好是坏。

当听着父母说凤珍的事情时，富贵的心好像被人狠狠地拧了一把，揪得直疼。

回想起当初自己吵着要解除婚约，竟然把凤珍推进了火坑，就不由得重重地扇了自己一巴掌。

听老一辈的人说，后来富贵带着在县城买的一部老式自行车上门提亲了，寒风中硬是站了五个小时，可村长死活不同意，咽不下当初被退婚的一口气，两人的好事也只能不了了之。

五

去年，我回了一趟老家，看到富贵叔一如既往地坐在门口晒太阳，虽然阳光和煦，但背影却十分冷清，散发着寒气。

我跑过去和他打招呼，问他："富贵叔，过得还好吗？"

他先是呆呆地看了我一眼，然后又把目光移到了对面的门口上，眼里透着的全是眷恋和不舍，然后，他失落地摇头说道："不好啊，我想娶个媳妇成个家，一起晒太阳啊。"

这时，"嘎吱"一声，对面的门开了。

"富贵，今天天气真好。"

里面走出一位中年妇女，虽然岁月毫不留情，在她的脸上留下了道道痕迹，可丝毫不减她独有的气质。

我们打完招呼后，她也在富贵的旁边坐了下来，扯扯家常。

当时我先行离开了，再次回头望向他们时，我发现，两人紧挨着的影子重合在了一起，富贵的身影变得柔和而有温度。

今年刚过完年，村长终于松口同意了他俩的婚事。

婚礼那天，年近六十的富贵害羞得跟个二十出头的小伙子似的，一直抓着凤珍的手不放，生怕凤珍跑掉。

两人婚后也如胶似漆，常常可以看见富贵牵着凤珍到处走，逢人便说："这是我媳妇凤珍，漂亮吧？我有媳妇有家啦，哈哈哈哈。"

凤珍在一旁笑着羞赧说道："富贵呀，瞧把你能得，这么大年纪了害臊不害臊。"

满山间小巷，回荡在耳边的都是富贵和凤珍幸福的笑声。

曾经，富贵与凤珍擦肩而过，如今，富贵勇敢地追回了自己的爱人。

错过成了过错，是对勇敢者最大的奖励。

一回首，原来你还在这里，真好。

我一辈子都不会原谅你

■ 共央君

一

前天，手机突然收到一条信息："谢谢你当初的温柔，让我感受到残酷世界里的一点温存。"

当时看到觉得很纳闷，立马反省了一下自己，最近虽然没干什么坏事，但也确实没干啥好事啊。

于是我就很迷茫地问了一句："这真的是我干的吗？"

对方发来好几个大笑的表情，隔着屏幕我都能想象到对方笑抽的场景。

"就是你干的,我是当初被叫'土婆'的宋玉萍啊,你忘记了吗?"

我还真干了这种事?

不过,土婆?宋玉萍?

一瞬间,积满岁月尘埃的记忆又活了过来,隐隐浮现。

原来是她啊……

二

宋玉萍,是我小学读书时的一个同学,不过,她是插班生。

至今仍然记得,她第一天来报到时,那令人尴尬的场面。

宋玉萍她是跟着进城务工的父母从一所农村小学转到市里来的。当时的她五官长得不算好看,皮肤黝黑,只是眨巴着一双水灵灵的大眼睛,炯炯有神。

再细细打量,穿着极为朴素的旧衣,因为被洗得次数太多显得有些发白,鞋子虽然是普通的休闲鞋,但不难发现上面的边边角角粘着些泥土。

她有些拘束和害羞,但还是勇敢地扬起头看着全班,勉强地扬起嘴角的一丝微笑,介绍道:"大家好,我叫宋玉萍。"说完,又立马低下了头,双手紧张地绞在了一起。

原本是该用掌声欢迎新同学的到来,可不知谁突然喊了一声:

"土婆,土婆,穿得这么丑。"

仅仅只是一秒钟,我看到她的身体颤抖了一下,头低得更低了,让人看不清神情,坐到座位后也一直用长发遮掩着自己的脸。

不知为何,宋玉萍是"土婆"的事就迅速传播开来,全班没几个人能记住宋玉萍的名字,但偏偏都记住她的外号叫土婆。

也因为这事,没有一个女生愿意和宋玉萍玩,就连和她同桌的

女生对她也是爱理不理的，再加上宋玉萍寡言少语，胆子小，在学校几乎没有什么朋友，常常一整天都不说话。

由于和她家同路，我每天放学都能看到她一个人在路上走。

有一次，我想走上前和她打个招呼，立马就被身边的小伙伴拉住："别离土婆太近，不然你也会变丑，我们就不跟你玩了。"

我当时听到后愣了一下，停下了走向宋玉萍的脚步。

许是我年少无知又胆小懦弱，害怕也成为全班孤立的对象，便与一群伙伴迅速走过了宋玉萍的身边。

可内心，又是翻涌着层层的愧疚。

就这样，一整个学期，玉萍无论做什么都是独来独往的。当我们在门口玩着跳皮绳的游戏时，她总是在门口呆呆地看着，出了神。

这种状态一直延续到4月1号。

三

那天刚打完下课铃，班上的李亮大摇大摆地走上了讲台，好像有什么大事似的清了清嗓子。

"咳咳，今天我有一件很重要的事情要说，大家先等一会。"

说完，这男生低着头艰难地咽了一下口水，而再次抬起头时，眼里似乎多了一份柔情和渴望。

"宋玉萍，我喜欢你。"李亮怔怔地看着玉萍，眼里有藏不住的欣喜。

宋玉萍原本是低着头整理书包的，听到突如其来的表白，整个人顿时都石化了，呆呆地看着讲台上的李亮说不出话，仿佛不敢相信这一切是真实的。

"宋玉萍，我是认真的，我真的喜欢你。"李亮紧紧地盯着宋玉萍的脸，眼睛里都快要迸射出光来。

这时班里几个调皮捣蛋的男生在拼命起哄，大喊着："土婆，快点表示下啊。"

宋玉萍继开学第一天之后再次成了焦点，看着台上的李亮一脸的深情，内心犹如小鹿乱撞，害羞地低下了头，嘴角抑制不住地上扬。那是我第一次看她笑得那么开心，仿佛石头都能开出花来。

当宋玉萍再次抬起头，抽动着嘴角正打算说点什么时……

李亮突然捂着肚子发出一阵爆笑。

一边笑还一边跟台下后边的几个男生摆摆手，说："不行了，我装不下去了。我认输，我认输，今天零食我包了。"

嘶，那一刻，全班的目光都注视在宋玉萍身上。

她放在桌上的双手紧紧握着，低着头脸色凝重，身体也在颤抖着。

突然，她拿起桌上的一个矿泉水瓶就朝讲台上的李亮丢去。不偏不倚，正中脑勺。当我们还没反应过来怎么回事时，李亮就开始破口大骂了。

"土婆，你神经病啊，真以为我喜欢你？也不照照镜子。"

李亮刚说完，好像又想起了什么，回到座位上拿出了一本小本子，到讲台上大声地念了出来：

"李亮，我没有写过情书，但是有太多的话想要对你说。

我是那么用心地刻意隐藏，我是真的真的想在你的心里有一个特别的位置，但是我不敢说，怕你不喜欢我。"

当李亮还在津津有味地念着时，宋玉萍像发了疯的猛兽，红着眼怒冲冲地走到李亮面前，一把夺过日记本撕了个粉碎，再把碎片往李亮身上用力一甩。

那一刻，李亮也怔住了。

"偷看别人的日记本然后来捉弄别人，很好玩是吗？"宋玉萍几乎是怒吼着说了出来，眼眶里的泪水顺着脸颊流了下来，大颗大

颗地滴在了冰凉的地板上。

泪水再也止不住了,她立马回到座位上拿起书包就往门外冲,只留给我们一个绝望而冷清的背影。顿时,全班都沉默了。

后来有一天,我突然觉得,虽然那件事李亮是主谋,可袖手旁观的我们都是帮凶啊。

那天在回家的路上,我又看到了宋玉萍,她走得很慢,低着头边走边抹眼泪,眼睛都快要被揉肿了。

看着她,我的愧疚感翻江倒海般涌来,我挣脱了小伙伴牵着的手,迅速从书包里拿出了一张纸,写下了曾在书里看到过的一句话,还有一张纸巾,一起递给了她。

至今都难以忘怀,她看见我站在她面前的模样,又惊又喜,瞪大了睫毛上还挂着泪珠的眼睛,颤颤巍巍地接过我手中的东西,用极其低的音量说了一声:"谢谢你。"

我保证,那一天,绝对是我小学时光里最自豪最骄傲的一天,也是玉萍笑得最美的一天。

只是那一天后,我再也没有见过宋玉萍,听班主任说是转学走了。

四

如今算来我们也好多年没有联系过了,又阴差阳错地联系上了。

后来,我们加了微信,又聊了许多,包括她偶然知道我开了公众号问了许多人才找了过来。

我问她:"你对当初的事情释怀了吗?"

过了好久,她才回复我:"我一辈子都不会原谅他的。因为如果我连这个都能忘记,那做人是得多窝囊啊。但我也不会去报复他,因为我永远都会记得他对我造成的伤害有多大。"

那天，我们聊得很晚很晚，到了最后真的困得不行要道晚安时，她说："虽然那天真的很难过，但是谢谢你给我的鼓励，让我有动力支撑下去。"

是的，所有人都想要被温柔以待，也许世界很残酷，但我希望你能更酷。

所有打不倒你的，终将使你更强大。

——送给宋玉萍的话，也送给你们！

你怎么对陌生人比对自己的爹妈还好

■ 共央君

一

回想自己，真的算不上一个好女儿，我对妈妈真的不够好。

小时候我有点挑食，不知道为什么，唯独与芹菜结仇，就是受不了那个味道，死活吃不下去。

老妈第一次给我夹芹菜时，我吃了一口就全吐了，并说道："我不要吃这个，我不喜欢，味道好奇怪。"

老妈一听，就皱眉头了："这么小就开始挑食？不喜欢也得尝尝，不然挑食会营养不良的。"

我一听这话就不爽了，搞霸权主义强权政治啊，大声嚷着："我不吃，我就是不想吃，你干吗要逼我。"

老妈瞪了我一眼，说："你个小丫头片子，吃这东西能让你吸收更多营养长身体，必须吃，吃完它。"说完又夹了一大拨的芹菜到我碗里。

看到碗里越来越多的芹菜，真是气不打一处来，也懒得继续跟老妈争辩什么，"哐当"一声把筷子放在桌上，恶狠狠地丢下一句："我不吃了，你喜欢吃就自己吃个够吧。"头也不回留下一个潇洒的背影，留下气得七窍生烟的老妈一个人呆呆地站着。

那时候的我敢如此嚣张地对老妈说话，大概是在心里笃定，她对我一定不离不弃，充满了底气。

到了半夜，肚子很不争气地响了起来，偷偷跑到厨房里想下个面条填填肚子，一打开锅才发现，里面居然热着一个香喷喷的鸡腿，是我平时最爱吃的盐焗鸡腿。一看到鸡腿就忍不住立马抓起来开咬了，再看看冰箱，顿时傻眼了，全是今晚的饭菜。

原来，我没吃饭，老妈也跟着没吃。

突然视线有点模糊了……

二

有一天去孙阿姨家吃饭，孙阿姨怕我害羞不好意思夹菜，就给我夹了，我一看，傻眼了。

"这是我刚从乡下带回来的芹菜，可新鲜着呢，你们可要多尝尝啊。我这还有好多，等会让你们带些回去。"阿姨一边夹，一边还不忘给芹菜卖个广告。

我的天，面对碗里堆积如山的芹菜，心里是一千个一万个不愿意吃啊。可是，还是狠下心来夹了一口往嘴里塞，笑眯眯地说："谢谢阿姨，挺好吃的。"

"哈哈，我就说好吃嘛，来，多吃一点。"孙阿姨得意之时，又给我夹了一拨，这时候，望着又一波袭来的芹菜，我大脑已经无法运转了，我真的只是客气地说一声好吃啊。

无奈之下，我只能弱弱地说了一句："阿姨，我不太喜欢吃这个，可以不吃吗？"

孙阿姨一听，立马皱起了眉头："当然不行啦，现在长身体时期怎么可以挑食呢，什么都吃才好，而且芹菜很有营养的啊。"看着孙阿姨真诚的脸庞，我竟无言以对。

心里只想着一句话："你要是我妈，我早就拍桌子叫板走人了。"

可是，为什么呢？为什么面对孙阿姨我就小心翼翼、彬彬有礼，硬着头皮也要把芹菜塞下去，可是面对妈妈，却敢蹬鼻子上脸？这双重标准从何而来？

看过一个视频，杨澜问周国平："为什么我们都把好脾气留给了外人，却把最坏的脾气给了最爱的人？"连这位儒雅的哲学家也回答说："这个错误，我也经常犯啊。"

我想，是我们心里与生俱来的自信和父母无限量的宽容，才敢让我们一犯再犯，而不知悔改啊。

在父母心里，我们永远是个孩子，不管我们犯了多大的错误，他们总是能够原谅我们。而我们对亲人常常进行以爱为名义的苛刻。因为你爱我，所以不管我做什么你都会原谅我，所以错误一而再、再而三，永不悔改。

可是对于陌生人，我们没有那种莫名的自信，也没有把握他们对我们的容忍限度是多少，所以我们得小心翼翼，以免得罪他人，吃不了兜着走。

所以，我心里再抗拒也不敢和孙阿姨蹬鼻子上脸，只能默默地把可恶的芹菜吃完。因为我知道，她绝对不会像我妈一样，被人甩了一鼻子脸色还得给一个小丫头片子去热鸡腿。

会惦记着你吃不饱穿不暖的，只有自己的父母。正因为你知道他们会惦记你吃不饱穿不暖，所以你才会肆无忌惮地傲娇而任性。

对亲近的人挑剔是本能，但克服本能，做到对亲近的人不挑剔

是种教养，我们要警惕本能，增强教养。

三

老妈最近换了一部新手机，很多新功能不会使用，于是经常问我这个问我那个，开始时我还挺有耐心的，等到后面就渐渐不耐烦了。

有一次我在忙别的东西时，老妈又来问我："这个功能怎么用来着，我又忘记了。"

匆匆扫了一眼，原来又是那个老问题，就用极其不耐烦的语气说："这个我说了很多遍了，自己琢磨去，别烦我，忙着呢。"老妈一听，顿时就像个犯错的老小孩，拿着手机默默走出去了。

然后有一天，我见老妈拿着手机自己鼓捣了一个早上也不知道在弄啥，就随口问了一句："你的手机哪里又出问题了吗？"

老妈听我开口问，就喜滋滋凑过来，说："有空了？还是上次那问题啊，我还是没整明白。"

"你怎么不早点来问我啊？我帮你把过程写下来。"我十分无奈地看了老妈一眼。

老妈一听不乐意了，说："这不你上次在忙你的事啊，我不敢去打扰你，也不好意思问别的年轻人。连这么简单的问题都不会，多丢人。"

其实，听完老妈的话，心里有一瞬间是凉的，我是说出怎样伤妈妈的话，才让她连找女儿帮忙的勇气都失去了。我是有多残忍，才让一位母亲不敢去打扰女儿。

面对家人，我们可以毫无保留地倾泻我们所有的烦恼，但是，他们绝不是你的出气筒，无条件接收你所有的负能量。一次无心，两次无意，日积月累，盛夏也犹如寒冬啊。

我们用一年来学会如何说话，但是却要用一生去学会如何闭嘴。千万不要把最差的脾气和最糟糕的一面都给了最熟悉和最亲密的家人，却把耐心和宽容给了陌生人。

　　好好说话，和颜悦色、心平气和才是对亲人应有的态度。

　　如果幸运的你正在享受父母浓浓的爱，你应该心存感激，而不是理所应当地接受。因为你的岁月静好，是父母在保驾护航。

你在羡慕别人的人生吗

■ 共央君

一

　　前几天朋友向我抱怨，她说觉得自己长得不好看，不会化妆，感到非常自卑，而同寝室的女生都经常画着精致的妆容出门，穿着时尚，让她非常羡慕。

　　而学业上，她考了三次都还没通过四级，可别人轻轻松松裸考就过了。一方面，她羡慕着别人开挂的人生，另一方面，她又在烦恼自己面临的窘境。

　　我们身边确实有许许多多让人羡慕嫉妒恨的人。

　　他们，有的挥金如土、富贵逼人。

　　他们，有的倾国倾城、闭月羞花。

　　他们，有的聪明绝顶、才高八斗。

　　就拿之前王健林的"豪言"来说，先定一个能达到的小目标，比方说我先挣它一个亿。

人家一开口的小目标就是以"亿"为单位，而我们大多数普通人估计一辈子也挣不到一亿。

还有收视率女王赵丽颖，从一个农村女孩到如今的霸屏女神，据说身价已经达到了 100 万一集，还是有名的男神收割机，演对手戏的男主角个个有颜有身材。

飞上枝头变凤凰，是多少平凡女孩渴望的梦想！谁都想成为第二个赵丽颖。

我们是不是很羡慕他们的人生，那么地辉煌绚丽，又那么地光彩夺目。

二

可是，今天听朋友介绍，看了一部动漫，叫《身份交换所》。让我颠覆了自己原本的想法。

漫画里讲的是一个在学校受尽校霸欺负的初三男生，在一次偶然的机会下，获得了三次交换身份的机会，但如果三次后仍不能换到满意的身份，将永远变不回原来的身份。

第一次，男主选择和校霸刘伟交换身份，因为刘伟是校长的儿子。

可是交换了身份男主才知道，原来校长是有家庭暴力倾向的人，刘伟之所以爱欺负人，都是因为校长常常对他拳脚相加，所以刘伟才会通过欺负别的同学的方式来发泄自己内心的不满。

为了不再遭受皮肉之苦，男主选择了更换身份。

第二次，男主选择了班上一位长得好、成绩好，有钱的人气女生赵怡作为交换对象。可是交换后他才发现，原来老师给她免费补课，是图谋不轨，为了方便行猥琐之事，而且赵怡的家里非常穷，一切华丽的表象都是她虚构出来的。

为了不再过这种虚伪、恶心的人生,男主再次选择了交换身份。

第三次,男主选择了一位学校的慈善大使,名利双收的李思卓先生。原本男主以为这是最好的选择了,坐在豪车上正得意扬扬之时,才发现原来思卓先生是个残疾人。

最后一次的机会已经用完了,男主在精神恍惚中度过了好几年。最后,男主在病床的垂死之际,回想起当初的自己,原来那才是自己最满意的身份啊。

其实,最值得怀念的,还是自己的人生。

三

动漫里男主的故事让我想起自己的一位小学同学。

小时候,我家里比较穷,家里人各种托关系才把我弄进了当地一所比较好的小学,在那所小学里,有许多有钱人家的孩子。

至今仍记得,我们班上有一个叫王俊的男生,家里特别有钱,经常穿着一身的名牌来到学校上课。

有一次他父亲从瑞士出差回来,给他买了一块手表,他戴着手表在班里炫耀了好几天,几乎整班的同学都围着他看那稀奇的手表。

那时候的我,真的特别羡慕他。常常幻想着如果我也可以天天戴着名牌手表来上学,让小伙伴们羡慕的目光都集中在我身上,那该多好。

后来一次偶然的机会我才知道,原来因为王俊的妈妈嗜赌,父母离异了,他爸爸已经移居国外再婚,一年到头王俊也不能见父亲几次,对于儿子成长的缺席,他父亲就只能通过给他买许多的名牌衣服和昂贵的礼物来填补。

而他的母亲嗜赌成性,整日在外赌博不回家。在家等着王俊的,只有一个毕恭毕敬的保姆和冷冰冰的大房子。

我想，这样的王俊，即使身上穿再多的名牌，有再大的房子，有再多的家财，我也不愿意交换。

我情愿窝在自己温馨的小家，和父母过平淡的生活。即使，房子可能连一百平方米都不到；即使，我一辈子都穿不上名牌衣服；即使，我父母没有留给我一分钱财，我也更爱我自己的人生。

人生缺什么，我自己挣。

四

没有什么所谓值得人羡慕的人生，只不过是别人咬牙坚持把自己的人生过成了他们想要的模样罢了。

你羡慕着明星的人生，羡慕他们可以穿金戴银，可以出入保镖护送，可以一出现就获得超高人气。

但是，他们也许也在羡慕着你，羡慕你的花好月圆、岁月静好，不用和恋人出个门都担心被狗仔队偷拍的平淡生活。

其实，平凡的我们已经拥有很多了，只是我们只看到别人绚丽的生活，却忽略自己拥有的平淡生活。

我们羡慕王思聪，可以有那样有钱的老爸。可是，你回过头看看正坐在沙发上看电视的父母，会不会觉得，其实自己也是很幸福的。

虽然他们不能给你优越的生活，但至少他们能够陪伴你成长；虽然他们不能给你畅通无阻的前途，但至少他们能够在你受挫时给你安慰；虽然他们不能给你一栋三层楼的豪华别墅，但至少他们能够给你一个让心灵安放的小家。

其实想想，我们也很幸福。

我们的人生，也许别人正羡慕着呢。

二十岁后你还丑，不怪你怪谁

■ 共央君

一

今天跟一群朋友在微信群里讨论了一个问题："女生的外表重要吗？"原以为会有一群推崇心灵美内在美的高尚天使，结果大家不管男女意见都特别一致、特别庸俗、特别简单粗暴："当然啊，不然呢？"

突然想到以前一件事，小时候闲得发慌，经常跟着老妈去别人家串门，一些叔叔阿姨见了我都会说："哎呀，这是你孩子吗？长得真可爱啊。"那时候也真不懂事，别人随便夸我两句我就当真了，真以为自己有那么可爱。

聊着聊着，叔叔阿姨怕我闷得慌，就会问我妈："这孩子学习应该还不错吧？"当时也傻，我还特别崇拜那些叔叔阿姨，我没说话你都能发现了我学习成绩好？这观察能力十级啊。

直到逛了知乎，我才知道我错了。以下是"女生长得丑是什么体验？"的一些回答：

1. 去商店，店员看了我之后对我妈妈说：这孩子成绩一定挺好的吧？

2. 实在是用漂亮过于违心，就只好用可爱来夸奖了。

3. 找你搭讪的异性，都是找你要漂亮朋友的联系方式。

4. 同学曾经说：化妆也拯救不了你了……

5. 经常在网上搜女生长得丑怎么办……

看完以后，条条中枪，特别是最后一条。难道这脸好不好看就这么重要吗？

是的，它真的很重要。

二

有一位师姐今年刚毕业，去找工作时屡屡碰壁。我很疑惑，因为总体来说，她还是属于比较有能力的一类人。只是她长得有点丑，眼睛很小，嘴唇又特别厚，还有一口不忍直视的龅牙，再配上一副堪比老花眼镜的眼镜。

她去一家企业面试，好不容易到了面试环节，结果碰上了一个一起面试的美女，这狗血的情节有点像多年前热播的电视剧《丑女无敌》。

只可惜，她不是林无敌，没有名校毕业的光环，也没有像林无敌那样睿智的头脑，她只是一个普通二本的毕业生。而对方也不是裴娜那样空有一副好皮囊的美女，虽然也同是二本院校，但知识、谈吐、气质丝毫不输于人。

毫无意外，我师姐就这么被刷了下来，不是因为能力，仅仅因为外貌。虽然有点让人心疼，但这世界就是这么现实，长得好看在职场中，确实是一大优势。

那我们这些长得丑的咋办？能怎么办，肯定是抓紧变美啊。

有句话说得好，这世界上，总有人好看，总有人越来越好看，为什么不能是你？

晓美人如其名，是我们朋友圈里人人羡慕的大美女，长得天生丽质，身材又婀娜多姿，皮肤看起来永远是那么吹弹可破，用一些男生经常调戏她的话来说就是：纯情小狐妖。

每次朋友聚会只要一提起晓美，女生们脸上流露出的不是打心底里的羡慕就是打心底里的嫉妒。

然而，一群羡慕她的人，羡慕完之后继续过自己醉生梦死的生活。

　　羡慕是世界上最无力的力量，你明明可以和他们一样，可你却给自己找了诸多借口不行动，甚至于在某些时刻你自己都快相信自己的借口了，可下次你遇到同样让你羡慕的事，你的神经还是会被挑动着。

　　当我们还在呼呼大睡时，她就起床在跑步机上跑步，当我们还不知死活地吃着高热量零食时，她坚持晚上只吃水果和蔬菜，当我们晚上变身网瘾少男少女熬夜时，她敷完面膜早早入睡。

　　所有的惊艳，都来自长久的准备。

　　所有看起来的幸运，都源自坚持不懈的努力。

　　你的肥肉、黑眼圈、痘痘，都是你自找的啊。

　　所以你丑，真的是有原因的。可以长得不天生丽质，但绝对可以用天生"励志"来改善。

　　外貌是女孩子最宝贵的财富，努力赚钱就是为了更好地维护这种财富。

三

　　不仅女生的外表很重要，男生的外表也不容忽视啊。曾经在知乎上看到一个特别有趣的段子。

　　古时候，男子上门提亲。

　　长得好看的。姑娘满意，就会一脸娇羞地说："终身大事全凭父母做主。"

　　如果长得丑不满意就会说："女儿还想孝敬父母两年。"

　　古时候，英雄救了美女。

　　长得好看的。姑娘满意，就会一脸娇羞地说："英雄救命之恩，小女子无以为报，唯有以身相许。"

如果长得丑不满意就会说："英雄救命之恩，小女子无以为报，唯有来世做牛做马，报此大恩。"

　　从古至今，看脸的世界从未改变。

　　爱美之心人皆有之，美女也看脸。谁说爱美的男生就是娘娘腔？这是一个男生也要拼颜值的时代。

　　在职场工作中，你的脸，就是递给别人的第一张名片，你说重不重要？

　　如果有人跟你说，男人只要会赚钱、事业有成就行了，外貌一点都不重要。那他绝对体会不到被叫帅哥的暗爽，被美女勾搭的乐趣，也体会不到一个清爽干净的美好形象能够为事业增分添彩的痛快。

　　俗话说，爱一个人，始于颜值，陷于才华，忠于人品。你第一关都没过，还指望别人看得到你的才华和人品？把自己收拾得干净点好看点总没错。

　　二十岁前长得丑，还可以怪爸妈没给你好基因，二十岁后你还丑，只能找找自己的原因了。

　　世界上拿着颜值通行证的人那么多，为什么你不拿一张？

横跨整个青春去追你

奇奇漫

外表柔美内心彪悍的大龄文青。用文字记录柴米油盐里的风花雪月。文能煲鸡汤，武能说故事。

个人微信公众号：奇奇漫悦读

最怕是心比天高，命比纸薄

■ 奇奇漫

一

前几天，同学聚会。发小跟我抱怨说自己"工作不顺，前途无望，人际关系又复杂……"三年前，他就跟我发出这样的感慨。如今三年过去了，他的不顺和不忿不但没有减轻，反而更厉害了。

我记得三年前他抱怨的时候，我就劝过他："既然干得不开心，为什么不离职？"

他说："这份公务员的工作是好不容易才考上的。正因为这份工作，我才成了老家父母的骄傲。尤其现在孩子又小，我怎么能贸然离职呢？"

三年后，孩子已经上幼儿园了，婚后一切生活也步入正轨了。看他这么郁郁寡欢，我又劝他："你还年轻呢，真不顺心就离职吧，可以骑驴找马啊。"

他回答说："年轻什么？都已经三十多岁了。在这个四线小城，我想不出还有什么比公务员更好的工作。再说，父母都在这里，我总不能换个地方重新发展？"

你看，想找借口的人，永远都有借口，而且每一个都听起来那么冠冕堂皇。

要么为了孩子，要么为了父母，要么为了爱人。总之，他们就

是不敢承认是因为他们内心的怯懦：没有勇气面对未知，面对改变的怯懦。

连这点承认自己不足的勇气都没有，你指望他们能改变什么呢？

生活中这样的人真的很多。

他们生活得很压抑。因为单位领导不器重，因为每年的评优都落选，因为职称的晋级无望，因为同事关系不和谐……

他们天天为这样的事情纠结，郁郁寡欢，生活质量大打折扣。

然而，他们有做过什么实际行动去改变吗？

很奇怪，并没有。

比如我这位天天抱怨工作的发小，看他朋友圈每天不是同事聚会，就是时政八卦。

那些用来应酬和刷手机的时间，为什么不用来自我投资呢？

从他工作的第一年他就觉得这份工作不适合他。如今，八年已经过去了。他要有心学点什么，八年的时间，每天晚上投入两个小时，不论哪个行业也算得上是专家了吧？

可我就是没勇气离职，也没时间努力，智商也不够用，那怎么办？

那好，既然一切可能都被你否定了，也就是说，你的事业，这辈子很可能也就这样了。

既然想开了，那就认命吧。

接受现实：这辈子你就是个月薪三千的小职员，就是那个永远当不上领导的副科级，永远也升不了教授的讲师……

接受自己这辈子就是个平平凡凡的人。

就怕有些人，既不认命，又不愿意受累付出，还天天心里纠结，嘴上抱怨。

心不在肝上，不但事业做不好，家庭也顾不上。

这种人，别说他自己累，别人看着他都觉着累！

我认识的不少做老师的人，看开了职称评比，日子过得不要太逍遥。

我同事曾跟我算过一笔账，他说："评不上副高，我一个月少拿两千。一年少拿两万多。我还能再干十五年，再加上退休少拿的，加上以后涨工资的差距，满打满算，这辈子少拿六七十万吧！可是，我再也不用费心思写那些自己也看不懂的论文了，也不用为了申报课题跑断腿，一遍遍地填表格，更不用为了搞人际关系拼酒送礼花钱……虽然我少领了钱，但我也少花钱了，还少了压力，不长病，能多活好几年，每天日子也舒心，我觉得很值啊！"

当然，这位同事也不是一下子就想开的。

他也是努力了好几年。一开始是科研不过关，他就努力拼科研，科研上来了，他又发现自己人际关系也是弱项，便又花精力搞人际关系。人际关系糊弄得差不多了，学校又改了评比政策……

折腾了几年，疲惫至极，本来爱上课的他也无心上课了，还患上了偏头痛的毛病（他为了写论文，半夜有灵感也得起来奋笔疾书）。

至此，他才想开了："评职称的事就随缘吧。有些东西命里有时终须有，命里无时莫强求。我不想再把以后的日子都耗在职称上了。"

想开了的同事，把更多的时间用来陪老婆孩子，探望老母亲。还重拾了书法的爱好。

卸下了无形的精神压力，他整个人看起来气色都好了很多。

你看，只要一切"想开了，接受了"就没问题。

有的人，能力和运气一时之间难以改变，可偏偏不接受现实，各种折腾，直到把家都搭进去了，还死不悔改。

我一个读者给我讲过她老公的故事。

她男人天天想着发大财，先是倒卖散酒，后来又租档口卖衣服，再后来又开超市……可他每次都不做调查，就贸然行事，最后不是

被骗，就是选址不对，入不敷出。

老婆劝他别折腾了，就安安心心上个班，或者做点投资小的生意就好。

可这男人不听啊，他总觉得自己是挣大钱，当大老板的料，一般的小生意他看不上，让他给别人打工更是侮辱他。

两人结婚后，双方父母给他们的几十万存款，还有老婆工作攒的工资都被他挥霍干净了，没钱再投资了，他竟不顾妻子的反对，一意孤行把家里唯一的房子也抵押了。

结果，他们家现在租房子住，还背着一屁股债。

都这样了，这男人依然不思悔改，还想着再去借钱翻本。

恕我直言，这种掂不清自己实力就盲目不认命的行为真的一点都不感人，相反极其可怕、自私和愚蠢！

面对工作中的那些不公平、不合理，无法改变的时候，我们不妨把心放大一点，别太当回事。

挣不来大钱，挣点小钱不好吗？

不评优能少块肉吗？

升不了职会被人笑话？快拉倒吧！大家自己的事儿还忙不过来，谁天天关注你？

其实，懂得享受、敢于享受普通人的幸福生活才是大智慧。因为按照概率学，我们成为普通人的概率最大。

有时候，早点认清现实，就少受心理煎熬，能早日享受生活。

这不是消极，这是积极。

不认命，并付出努力去改变是一种霸气；努力过，认清现实，敢于认命何尝不也是一种勇气和智慧？

既不认命，又不想受累，还天天纠结，这不是自虐吗？

说到底，幸福的人都是唯心主义者。否则，纵使家财万贯，别人看来万分艳羡，可自己觉得不幸福，那就是实实在在的不幸福！

二十年后，你是什么模样

■ 奇奇漫

周末在家码字，身披午后的阳光，守着一杯咖啡，听着音乐，对着键盘敲敲打打……蓦然间，小时候的一幅画面浮现在我脑海中，那时候我大概只有六七岁吧。

有一天，下起了小雨，爸妈都不在家。我从家里搬出了一把椅子，一个高脚的圆凳，把它们摆放在有些阴暗的楼洞里。我把圆凳当作桌子，上面摆上一杯用热水冲好的炒面（那是父母给我准备的午饭）。

炒面被热水一冲就变成了咖啡色，闻起来似乎有点咖啡的香气。当然，那时候的我还没有喝过真正的咖啡，所谓咖啡的味道也不过是我的想象。

那时候的楼洞还是开放式的，没有门，我就一人静静坐在略显阴暗的楼洞里，观风听雨，拿着小勺优雅地喝着炒面（我在心里把炒面想象成咖啡）。

微风夹着细细的雨丝，轻轻吹送到我脸上，空气分外清爽，天地间似乎只有我一人，心里觉得无比惬意。

喝完炒面，我又把屁股从椅子挪到了圆凳上，把有靠背的椅子当作电脑，双手放在椅子上轻轻敲打着，学着电视上优雅女人的样子，假装自己在打字……

是的，童年时的我，梦想的职业就是那种能坐在办公室里对着电脑打字的工作，我觉得那样的女人看起来真美好。

唉，我心里的文艺风和小资情结可真是与生俱来啊！要知道，我生在一个纺织工人家庭，童年时就住在30平方米简陋的职工宿舍里。

天知道，是谁教会了一个6岁的女孩子"听着雨喝咖啡（其实是炒面）"是一件很唯美的事情？

那天的心情，直到现在我还记得很清楚：淡淡的忧伤，淡淡的美……

我记得有个邻居阿姨临时从单位回来拿东西，远远看到阿姨走过来，我慌忙把圆凳上那杯炒面收起来（正常情况下，炒面应该是用碗来冲的）。因为，我好怕她会撞破我的心事，笑话我……

早熟而敏感的我，似乎明白这样的享受不应该属于我这样出身的小孩，即使这种享受只是一种想象……

然而，20年后的我，真的变成了小时候我想成为的那种可以坐在办公室里打字，站在讲台上讲课的文化女人。

为了实现童年时的向往，我度过了辛苦的中学，充实的大学，然后又考研……我想许许多多凭借自己的努力，一点点去实现梦想的孩子，一定能理解那种艰辛和幸福。

或许，我们所取得的成就在许多人眼中根本算不上成就，但那种跟随梦想、凭借努力，一点点长成自己心中所想的样子，其过程和意义于我们个人而言却是非凡的！

这种亲身的经历，比读再多的鸡汤文和名人传记，更能让你切实体会到梦想的力量和拼搏的意义！

现在的我，又像小时候一样，把公众号里一千多关注者想象成万千读者，即使再少的点击率依然会用心去书写。

码字的时候，文思枯竭的时候，我喜欢来点音乐，一杯清茶……

一直很羡慕电视剧里的编剧和作家，以至于他们皱着眉头说一句"赶稿子赶得好累"，我都觉得酷毙了。

现在，晚上睡觉前，我也会对自己说："加油哦，明天还有两篇稿子要赶。"其实，说出这句话的时候，除了压力，心里还有一丝甜蜜。

虽然所谓的赶稿子不过是在公众号里写文章，但那也表示我离梦想又近了一步。

没错，我又像20年前那个小女孩一样，开始为自己造梦。假装自己已经是个"用一支笔就可以养活自己"的女人。当然，我还没有那样的能力和才华，目前的生活来源是我的工资。

可是，我愿意做这样的梦。这样的梦让我觉得生活很美好。

就像小孩子过家家一样。你想成为什么样的人，不妨先假装成那种人的样子，装着装着，也许就真的变成那种人了。

我们都是平凡的人，没有与生俱来艳惊四座的才华，也没有让人艳羡的背景，哪怕是实现"属于平凡人的小小野心"，没有合适的机缘和贵人提携，也是很难速成，得像蜗牛爬一样一点一点慢慢靠近它。

所以，我给自己定得期限很长。

如果梦想终会实现，晚一点也无妨。

记下这篇文，写给20年后的自己。

你有想象过吗？20年后的你是什么模样？

如果不想过一成不变的生活，如果你也有一点小小的野心，那就从现在开始行动吧。

你不成功是因为你没定力

■ 奇奇漫

一

没有任何一个时代比现在这个时代更渴望成功。网络上最流行的就是各种干货和成功秘诀。

这是一个浮躁的时代。我们都忙着去争忙着去抢。却忘了老祖宗说的，欲速则不达。

当我们忙着去追风的时候，其实已经迷失了自我。今天流行这个要去追追，明天流行那个也要去尝试一下。却忘记了自己到底是谁？生命最本初的欲望是什么？

跟随舆论的声音忙忙碌碌，到头来收获的却是一个庸俗乏味的人生。

事实上，我们不但不应该人云亦云，甚至有时候应该反其道而行之，想想你和别人的不同在哪里。这特别和不同之处，恰恰是你的价值所在。

我推崇中国古典主义式的成功学，老子说："以其不争，故天下莫能与之争。"我们对待成功的态度不应该是争抢，我们对待世界的态度不应当是征服，应该回到内心，专注于内心的成长，专注于自我的成长。自我的发展到了，成功就自然来了。

这个社会为什么浮躁，因为所有的人都忙着争忙着抢。有没有可能这种态度根本就是错的？我们来到这个世界的意义并不是与世界为敌，并不是挥舞着拳头来一场抗战，而是找到自己的价值，实现自己的使命。

成功只是实现自我价值的附属品。

二

我想说说表哥的故事。表哥是我亲姑的孩子,只比我大一岁。

表哥从小就踢腾,特别爱动爱闹爱搞笑,唯独不爱学习。勉强上了高中,当然没考上大学。全家人都愁得不行,表哥却一副胸有成竹的样子。他说,我要去当兵。

考不上大学,又不到工作年龄,也只能去当兵了。

去给表哥送行的那一晚,我记得表哥跟我说:"奇奇,你要记得自己跟别人是不一样的,不管别人用什么眼光看你,你都要有自己的坚持。"

那时候我还不太理解这句话的意义,但是表哥严肃虔诚的眼神,让我觉得这句话很重要。我记住了。

现在想想,表哥竟然在那么小的年纪就有了这么深刻的人生体悟,于他来说,真是一件幸运的事。

表哥到了空军部队,成了一个文艺兵。那时候,演得最多的是小品,他好像终于找到了可以挥洒自如的舞台。他代表所在军区参加全国巡演、各种比赛,得了很多一等奖。有时候,在军事频道上也会看到他的小品。

通过参加各种会演、比赛,表哥积累了不少演艺圈的人脉。后来,表哥离开部队,成了一个北漂。对于一个毫无背景的工人子女来说,北漂的艰辛可想而知,表哥一开始接的角色都是一些跑龙套的角色,四十集的电视剧里他只能出现两集,只有几句台词。

但是,那又怎么样,他毕竟开始了自己从小梦寐以求的演艺生涯,这已经很酷了,不是吗?

可是姑姑和姑父却很着急,他们着急表哥快三十了经济还不能自立,还没有女朋友。他们在老家给表哥买好了房子,找好了稳定的工作,只等表哥回家享受安逸的生活。姑姑动员全家人做表哥的

思想工作，要表哥不要再瞎折腾了，快点回家接替姑父的岗位，做一个旱涝保收的油田工。

可是表哥不肯回来。

大家都觉得表哥太不懂事了，让父母操碎了心。作为一个工人子女，又不是演艺学院科班出身，凭什么癞蛤蟆想吃天鹅肉，做梦想当明星呢？

我不知道表哥顶了多大的压力还在继续坚持。我在微信里经常会看到他发一些与大明星的合照，或者更新一些他在新剧组试妆的照片。他演小品、演电视剧、演电影，只要有上镜的机会他都不放过。

去年，姑姑给我打电话，语气里满是骄傲，奇奇，你哥哥参演的小品入选春晚节目单了。只要通过最后一次审查，他就能上春晚了！

我听了心里雀跃着，哥哥终于要成功了吗？我们都以为很难的成功，其实也没有那么难啊，哥哥才32岁。

又过了几天，姑姑给我打电话，告诉我哥哥的节目没有通过春晚最终的审核，不能上春晚了。但是可以上中央电视台的元宵晚会。

果然，2016年元宵节那一天，在中央电视台的元宵晚会上我看到了哥哥表演的小品。

现在，姑姑和姑父再也不会催着表哥回家当油田工了。

或许，在演艺这条路上，表哥还远远不能算是成功。

但是，他已经收获了一个自己梦想中的精彩人生。

如果，当时听从了父母亲友的建议，他现在也许是一个朝九晚五的油田工人，娶一个同样在小城上班的女孩，过一种稳定安逸的生活。

我不是说，安居小城的生活就不好，可是表哥不喜欢那样的生活，他爱的是表演，在他很小的时候他就明确了这一点。

对于仅有一次的宝贵人生来说，你不喜欢的就是不好的。你要努力过自己喜欢的生活而不是别人喜欢你过的生活。

三

成功者都是有定力坚持到最后的人。

你有没有只去耕耘不问结果的霸气？

当周围的人都把你看作异类的时候，也许你已经离成功不远了。

成功者是需要有一种偏执的。

我不是说让你真的不撞南墙不回头，只是要你拿出那种决绝。毕竟我们大多数人还没有到南墙，就想要拐弯了，因为沿途的风景实在太美，美到让我们忘记初心。

我的大学同学L，拿今天的眼光来看应当算是个聪明人。

他天性特别懂得察言观色、趋利避害，头脑也很活络。

毕业后，他换过好几种工作。

在毕业后的第三年，他办了一个学习辅导班。那时候他所在的小镇，开办辅导班的人还很少。所以，两年的时间他就赚了不少钱。

后来，他又听人说，现在有钱有权的人都喜欢收集字画，于是他又用办辅导班挣的钱办了个画廊。

很不幸，这一回赔得血本无归。

如何翻盘，成了每天压在他心头的重大命题。

我前面说过，L是个特别懂得趋利避害的人。趋利避害到可以放弃原则和道德。

L竟然和一个女老板搞在了一起。

女老板是L画廊的客户，她要为她的店选几幅画做装饰，L帮着提了不少有用的建议。一来二去两个人就认识了。L的外形是高大帅气型的，又经营着画廊，显得有几分才气。而女老板婚姻不幸福，老公常年在外包养小三，她气不过，便也想养个小白脸。

L那时候已经有老婆孩子了，可他觉得只要跟着富有的女老板，事业便还有翻盘的机会。

女老板在上海开了分店，聘请L做经理，两个人一起双宿双飞去了上海。临走的时候，L还对老婆说，等着我，等我赚了钱再回来找你。

直到现在他还在上海飘着。

他的女儿今年已经8岁了。女孩的记忆里没有父亲，只有每天操劳奔波的母亲。

我见过那个女孩，有着和她年龄不符的早熟和沉默。

我不知道L的事业成功了没有，可是，我知道他的家庭已经失败了。不止家庭，他损失的还有很多看不到的东西，比如，爱情、亲情、朋友以及他人的信任，而这些恰恰是生命里最宝贵的东西，同时也是成功最不可或缺的因素。

或许你会说L的例子太过极端。可是仔细想想，我们很多人不就是这样吗？让我们忘记初心的，也许是父母口中的好生活，也许是一场单位的选优，也许是一次职称的评比，我们忙忙碌碌地追逐着争抢着，却忘了活着的意义是什么，忘记了梦想的样子，忘记了真实的自己是什么模样。

太过痴迷于成功本身的人，是很难成功的。

庄子只想做一只"曳尾于涂中"的龟，可是自有楚王使人求之；姜子牙直到70岁还闲居在家品读诗书；刘备三顾茅庐，诸葛亮才出山受命；马云说，作为一个创业者首先要给自己一个理想；扎克伯格说，我们创建服务不是为了赚钱，我们赚钱是为了提供更好的服务。

我最怕别人问我，你写这些文字有什么用？什么时候能挣到钱？说实话我自己也不知道。

坚持，是因为这是我的初心。在坚持的过程中，我感受到了快乐和成长。我对成功的衡量不全是金钱。

当你能帮助到更多人的时候,也就意味着你离成功更近了。

我相信,每一个人来到这个世上都有自己独特的使命。要找到自己的使命,你需要摒弃外界的声音,倾听自己内心的呼唤。

当你找到自己的使命和价值所在,那种感觉就像是扣动了生命的扳机,动力源源不绝。而你要做的就是一往无前地奋斗。毕竟我们在纠结和观望上所耗费的时间和精力其实已经远远大于奋斗本身。

这是一个最好的时代,我们有足够多的选择;这是一个最坏的时代,我们面临的选择太多。

乱花渐欲迷人眼,从今天开始,不去关注外在的声音,执着于自己的内心,自我的成长。具体做法,每天下班后投资两小时用于自我成长。

对成功这件事,你需要有足够多的定力!

末日来临,世界没有英雄

■ 奇奇漫

一

现在是 2084 年。

此时,地球资源已经所剩无几,温室效应越演越烈,每到冬季持续的雾霾就覆盖到全球各个角落,连夏威夷的海滩也不能幸免,美国堪萨斯州最近一次的核泄漏经过太平洋潮汐迅速弥漫至全球,本来勉强还能维持的地球生命终于全线崩溃了。

挪亚方舟，哦不，重生号宇宙飞船马上就要启航了。

陈曦雅握着手机，眼泪止不住地流下来。

透明屏幕上是母亲传给她的最后一条光影简讯：画面中，母亲嘴角含笑，噙泪的眼眸里满是对她的不舍。

母亲说："曦雅，你是大姑娘了，到了新的星球一切都要靠自己，从今以后，妈妈不能再陪着你了！"

曦雅的眼泪扑簌簌落下来，母亲看到她流泪，忍不住想要伸手去抚摸女儿，她的手臂透过屏幕在曦雅的脸庞上温柔地流连……

然而，这一切不过是高科技构建的光影幻觉。

曦雅明白，此生她再也无法触碰到母亲的温暖。

"可是妈妈，你要怎么办？"

"孩子，这是我该承担的。相比较很多人，妈妈已经算是幸运的了。只要你能活下去，我死也瞑目了。"

此时，飞船响起警报声：重生号宇宙飞船马上要启航了！所有通信讯号将在十秒后切断。

"孩子，好好活着！妈妈的爱永远在你身边！"

"妈妈，我爱你！"曦雅哭喊出最后一声告白，手机屏恢复到透明状态。

曦雅蹲在地上哭得泣不成声。

二

由于汇集了全球最顶尖的科学家，重启号宇宙飞船的研发相当顺利，不到一年他们就提前完成了任务。

研发期间，于明丽就开始打探飞船启航事宜。

她迫切想知道究竟哪些人才有资格登上这最后的生命航班。

一位曾和她共事过多年的负责人告诉她，登船名单会在最后一星期发出。不出意外，基本都是各国的领导人、顶级富豪、顶尖的科学家和医务人员，还有少部分名额留给了艺术家和各行业的佼佼者，预计登船人员有十万多。

听到这个数字，于明丽感到非常惊讶，作为参建人之一，她知道重启号的客容量能达到二十万。

面对质疑，老朋友解释说："莱福"星球面积有限，为了不再引发如地球这样的人口灾难，当权者决定最大限度压缩获救人员名单。

只有真正的"精英"，才有机会活下去。

"可是，据我所知，莱福星球的资源足以承载两千万人口，这样的决定太不人道了！"于明丽为当权者的自私感到愤怒，"就没有人找决策者谈谈吗？"

"谁来谈？你来谈？得了吧，你只是一个科学家。"

是的，科学家从来就没有发言权。

这一点，于明丽深有体会。

多年来，她参与了多个环保组织，与许多科学家一起奔波在世界各地，发起过多次公益活动和环保讲座，结果却收效甚微。

可她觉得还是应该为潜在的获救人员再争取一下。

但老朋友的一席话却让她彻底认清了现实："人工智能走到这一步，社会已经不需要那么多人力了。你觉得精英们还愿意白白养着那么多废人，为其提供福利，任其瓜分资源吗？你难道不明白，这就是他们等待了许久的清减人口的机会啊！"

于明丽痛苦地闭上了眼睛。

她为人性的丑恶而感到震惊和心痛。

不过，老朋友安慰她说，所有参与研发的科学家都在登船名单之列，包括他们的直系亲属。

再三确认能带家属后，于明丽总算感到一丝欣慰和庆幸。

于明丽的丈夫早在十多年前就因空难去世，这世上她唯一的亲人就是16岁的女儿曦雅。

如果要走，她必须要带女儿一起走。

三

然而，等飞船制作完成，科学家们各自返国后，于明丽才接到正式通知：每位参与研发的科学家只能获得一个生还名额。

她早该想到有这一天："莱福"星球的基本生存设施已铺建完成，登上飞船的人不会再返回满目疮痍的地球。

那么，他们这些飞船研发人员也就没有什么利用价值了。

在这种情况下，还能赐给他们一个生还名额，已经是当权者最大的仁慈了。

作为一个母亲，仅有的生存机会当然要给女儿，这没什么可犹豫的！

直说的话，女儿肯定不会去。

于明丽骗女儿说，重启号还需要一些后续的地面维护工作要做，她要在半个月后才能到"莱福"星球与女儿汇合。

登机地点在美国弗吉尼亚州的斯汤顿小镇。

于明丽亲自买机票护送女儿，她们提前一晚到达登机的小镇。

最后一晚，她和女儿睡在一张床上。

于明丽搂着女儿，她心里有太多想要叮嘱女儿的话，此时此刻却一句也说不出。心疼得缩成一团，也不能露出一点悲伤的神色。

她只是一遍遍抚摸女儿柔滑的长发，想将这最后的温馨铭刻在记忆中……

四

第二天，确认女儿登机后，于明丽发了一条简讯：

曦雅，对不起，妈妈骗了你。

重启号再也不会返回地球，这是她唯一也是最后一次航行。

生还的名额只有一个，妈妈老了，你是妈妈的希望，你要替妈妈勇敢地活下去！

孩子，不要难过，这是人类共同的灾难，这是我们应该承受的结局。

曦雅读着简信，震惊和恐惧像一记猛拳，几乎要将她击倒。母亲所说的简直就像科幻电影里的情节，她颤抖着手拨通了光影简讯。

从她懂事起，就常听母亲在她耳边谈论环保的话题。

这一次，她多希望一切不过是母亲为了教育她，而开的一个玩笑。

然而，当她在手机屏幕里看到母亲那双含泪而绝望的眼眸时，她终于明白这一切都是无法挽回的事实。

于明丽站在苍茫的星空下，看着"重生"号犹如一道闪电，迅速射向太空。

一对醉酒夜归的情侣与她擦身而过，他们兴奋地拍手大叫：看，流星！快许愿……

于明丽不禁在内心发出最绝望的哀叹：科技如此发达，却治不好人类的愚蠢和自私。

贪欲仍在。

一种深刻的担忧包围着她，对女儿来说，"重生"号行程究竟是重生，还是一场更深重的灾难？

二狗叔的爱情

■ 奇奇漫

一

二狗叔今年59岁了。其实，在村里按照辈分，我该叫他一声哥。

二狗叔很能吃苦，他爹娘死得早，为了生计，二狗叔进城摆过摊，去工地给人开过车，还在化工厂上过班，后来才凭借四处打工攒的一点积蓄在城里开了个杂货铺。

二狗叔的媳妇是我们村有名的大美人，徐美凤。

按常理说，徐美凤这样的大美人是不会嫁给二狗叔这样其貌不扬的老实人的。

这里面还有一段故事。

话说徐美凤年轻的时候因为长得美，上门提亲的人络绎不绝，这里面有村长的儿子，也有城里国企上班的工人。在八十年代，能进国企上班，就好比现在考上了公务员，那可是人人羡慕的铁饭碗。

可这些人徐美凤一个都看不上。

那时候，村子里还没有电视，也没有什么别的娱乐活动，唯一能吸引人的，就是城里文化馆的人每周来给村民们放一次电影。

原来，文化馆派来放电影的是个五十来岁的老头。后来，老头退休了，又换了个二十多岁的白净小伙子。这下，大家看电影的热情可就更高了，尤其是那些大姑娘小媳妇们。

小伙子名叫许文波，就在城里的文化馆上班。他每次来放电影，都穿着笔挺的中山装，胸口还插上一支钢笔。这身标准的文化人装扮再配上他清瘦挺拔的身材，看起来自有一股仙风道骨，气质比村里的庄稼人，城里上班的工人都要好上许多倍。

电影放映前，空旷的打谷场上早已坐满了人。许文波坐着村长的驴车，带着电影设备一进场，全场的眼光就都聚焦在他身上。

每次放映前，他总要拿着村长的大喇叭，跟大家简单介绍一下电影的名字、主题。他的普通话说得标准，声音儒雅好听，表达又有文采。

场下的大姑娘们望着他，眼里都似长出了钩子。这里面，当然也有徐美凤。

徐美凤的魅力自不用提，她用她那双扑闪着浓密睫毛的丹凤眼热辣辣地、近距离地勾了徐文波几次，他就上钩了。

没过多久，两人就好上了。

从那以后，徐美凤看电影再也不用提前占座了。许文波放电影的时候，她就坐在他身边的高脚凳上。

徐美凤是个很有个性的女人，她不爱则已，一旦爱就爱得很投入很高调。

看着别人指指点点的眼神，徐美凤不但不觉得尴尬，反而有几分得意，她觉得那些议论她的人都是在嫉妒她。

很快，全村都传遍了徐美凤和许文波的恋爱绯闻。大家都等着看笑话：在村民们眼中，徐美凤再美，也不过是个穷得掉渣的农村丫头，而许文波可是有着稳定工作的大学毕业生。

徐美凤才不管这些，她像一只骄傲的孔雀一样享受着，也炫耀着她的恋情。自从和许文波恋爱后，她在村民们面前走起路来都昂首挺胸、风风火火，比从前更骄傲上一百倍。

人往往站得越高，就摔得越狠。

没过几个月，村民们期待的好戏真上演了。

徐美凤被甩了。

许文波考上了研究生，从文化馆辞了职，去北京读书了。

一开始，两个人还书信联系，人们常能看见徐美凤去村口的邮

局取信。

可是渐渐的，徐美凤取信的次数越来越少，间隔的时间也越来越长。

没有人知道，徐美凤的肚子也越来越大了起来。

对徐美凤来说，那是一段焦虑恐惧而又充满失望的日子。她寄出去的信就像石沉大海，连个回音都没有。

怕别人看出来，每天出门前，她都要用一条长长的布带子把肚子一层一层地裹紧，外面再套上一件宽大的棉衣。白天，她依旧和母亲一起去地里劳作，不敢有一丝异常，她想用艰苦的劳作把这个不该出生的婴孩扼杀在母体里。

一天中午，徐美凤去挑水，她把两只桶都挂得很满。长期地过度劳作和精神紧张让她的身体变得很虚弱，回来的路上没走几步，她突然觉得天旋地转，身子一晃就晕倒在路边。

两只桶里的水都洒在了地上，正是寒冬腊月的天气，她的半个身子就泡在冰水里，身下是一摊乌黑的血。

村长的媳妇也去挑水，正碰见倒在路边的徐美凤。看着徐美凤身下那摊乌黑的血，作为过来人的村长媳妇自然心里什么都明白。当初，儿子为了追求徐美凤，给她买过衣服，送过丝巾，徐美凤收了东西，却把上门提亲的人给拒绝了。一想到这，村长媳妇心里就有气。

心里有气的村长媳妇就咋咋呼呼叫来了一大帮子人，大家七手八脚把徐美凤抬到了郎中家。

很快，关于徐美凤怀孕六个月流产又被甩的消息，像当初她和许文波谈恋爱的消息一样，又一次带着翅膀传遍了整个村庄。

原来，人们觉得徐美凤是一只骄傲的孔雀，虽然家里穷，但凭她漂亮的长相，还是可以当孔雀的；而现在，她成了村里有名的大破鞋。

徐美凤的名声坏了，再也没有人上门提亲了。

徐美凤的母亲每天在家里长吁短叹，徐美凤则默默干活，低头不语。

这个时候，二狗叔已经在城里开了杂货铺，日子依然辛苦，却很有奔头。

二狗叔的两个姐姐早已成家了，眼看二狗叔就三十了，还是光棍一条，两个姐姐心里都很着急。

大姐和二姐商量，要不就去徐美凤家提亲吧。

大姐说，徐美凤现在名声坏了，有人娶就烧高香了，肯定没脸要彩礼。二狗现在已经搬到城里生活了，这未婚先孕的坏名声又传不到城里去。再说，徐美凤人长得漂亮，又聪明，将来生的孩子肯定也丑不了，如此算来，倒是一桩很划算的婚事。

给弟弟白捡一个漂亮媳妇的好主意，让两个姐姐越想越兴奋。

大姐决定事不宜迟，赶紧去提亲，她生怕被别的精明人抢占了先机。毕竟，在城里谋生的农村人，可不只二狗叔一个。

果然，二狗叔的大姐只提了两包桃酥上门，就把婚事给说定了。徐美凤早就受够了在村里被人指指点点的日子，一听说有人肯娶她进城，不等她的寡母点头，她自己就先应下了。

都是一个村里的，徐美凤二狗叔自然认识。他一直觉得徐美凤人不坏，只是平时里仗着自己长得漂亮，人傲气了点。如今，因为年少无知背上了破鞋的名号，二狗叔倒觉得她有几分可怜。

二狗叔心里明白，自己比徐美凤大好几岁，论条件也说不上好的，如果不是出了这档子事，徐美凤是断然不会嫁给他的。

所以徐美凤过门后，二狗叔不但没有嫌弃，反而很心疼她。

因为本钱少，二狗叔的杂货店不敢多囤货，几乎每天都要去进货。进货的农贸批发市场在很远的郊区，暴土扬长的，还要风里来雨里去。二狗叔怕把徐美凤的细皮嫩肉刮糙了、晒黑了。所以，进

货搬货这样的粗活，他从来不让徐美凤干。

只让她像个娇滴滴的老板娘一样，守在店铺里卖卖货。

一开始，徐美凤还觉得很新鲜，可时间久了，人天天闷在店里就觉得燥得很。

徐美凤让二狗叔给她买台电视机按在店里解闷。

二狗叔真给她买了一台黑白小电视。那台14寸的黑白电视，花了二狗叔一千多块。那时候，杂货店一个月只能赚五十几块钱。这一千多块可是二狗叔几年来的全部积蓄。

二狗叔的两个姐姐进城的时候，都会到他的杂货铺坐坐。

徐美凤的养尊处优让她们很看不惯。尤其是当姐姐们看到平时衣服补了几层补丁都不舍得扔的二狗叔，为了讨媳妇欢心，竟然下血本买了一台电视机，心里就更觉得徐美凤是个贪图享受不会过日子的主儿。

她们本指望徐美凤背着破鞋的名号嫁过来，能低二狗叔一头，勤勤恳恳跟着二狗叔过日子，可没想到，没本事的弟弟反倒被徐美凤踩在了脚底下。

大姐走的时候，不放心地嘱咐二狗叔："兄弟啊，老婆要疼，可不能疼过了劲儿。女人太惯着是要出事的。"

看着大姐脸上阴云密布的神色，二狗忙打哈哈："姐，买电视的主意是我出的，天天守在店里太闷了。"

二姐走的时候，也忍不住抱怨："二狗啊，见你天天风里来雨里去的，她天天在家里坐着，啥也不帮。你这哪里是娶媳妇啊，你这是娶了个祖宗供着啊！"

二狗叔就笑笑说："二姐，她这细皮嫩肉的，怕晒啊。"

看弟弟那心甘情愿的样儿，两个姐姐只得恨铁不成钢地摇摇头走了。

二

看了几年店之后，徐美凤又想出去工作。她觉得自己年轻漂亮人又干练，一辈子窝在个小杂货铺里实在是太憋屈了。于是，徐美凤又天天念叨着，让二狗叔赶紧给她找个体面的大单位，她要去上班。至于杂货铺，雇个人看着就行了。

二狗叔只是个小小的个体户，没多少资金更没人脉，找工作这种事已经超出了他的能力范围。

可他怕徐美凤和他吵，只得硬着头皮先应下。至于怎么找，其实他心里一点底都没有。

不过，有些事情或许真是命里注定的。

除了零售，二狗叔还经常给一家工厂的职工小卖铺供烟酒。有一回去送货，正看见小卖铺东边的厂长办公室后升起了浓浓的黑烟。

小卖铺的老板娘拍着大腿对二狗叔喊："天哪，着火啦！你看，厂长的车就停在屋外呢，人会不会也在里面？"

正是午休的时候，大家都在厂房里睡觉。厂房和厂长办公室离了有一个路口那么远，现去喊人也来不及了。二狗叔不知哪来的勇气，跳下三轮车一头扎进了浓烟滚滚的厂长办公室。

二狗叔冲进了烟雾缭绕的走廊，踢开第一道木门，打眼一看，里面没人；又冲进里面的小套间，这才看见躺在沙发上的厂长。火已经烧黑了半边屋子，厂长却像死人一样睡得不省人事。

二狗叔抡起巴掌照着厂长的脸"啪啪"扇了好几巴掌，可他还是一点反应没有，二狗叔只得背麻袋一样把他挂在背上朝屋外逃去。

往外跑的时候，门梁上掉下来一根火柱子，二狗叔用胳膊一挡，火柱子没掉在身上却擦了脸一下。当时没觉得疼，后来脸上却留下了一道难看的疤。那道疤有两个手指头那么粗，坑坑洼洼就像贴在脸上一块泛黑的狗皮膏药。

等二狗叔把厂长背出办公室,杂货铺的老板娘也把厂房的人喊来了。工人们又打电话叫来了120和消防队。救护车把二狗叔和厂长一起送去了医院。

二狗叔成了厂长的救命恩人。

出院后,厂长亲自提着礼盒去二狗叔的杂货铺看望二狗叔,问他有什么要求。

厂长说:"二狗啊,着火那天我应酬喝多了,要不是你把我背出来,我这条命就没了!我大小也是个国营企业的厂长,家里有什么难处是我能帮上忙的,尽管提!"

二狗叔搓着手,有些不好意思地说:"要是行的话,能不能给我媳妇在厂里安排个工作?"

看着二狗叔脸上那块丑陋的疤痕,厂长二话不说就答应了。

起火的原因,后来查明是仓库保管的儿子在办公室后面的木材堆里玩火药,留下了火种。

厂长于是就把原来的仓库保管给辞退了,让徐美凤接替干仓库保管的活儿。

就这样,徐美凤一跃成了国有企业的中层领导。她不用下车间干活,每天只要在仓库里指挥着工人们过磅,装装车,就能领一份体面的薪水。

对这个工作,徐美凤还是很满意的。

于是,日子又平静地过了几年。

徐美凤和二狗叔结婚好几年,肚子一直没动静。

大姐提醒二狗叔:"是不是徐美凤婚前那次流产伤了身体?别忘了,她可是在寒冬腊月的冰水里躺了好几个钟头啊,也许是冰坏了肚子?"

二姐提醒二狗叔:"徐美凤是不是一直吃着避孕药啊?她不想给你生孩子,是给自己留退路,现在她又有了正式工作,小心哪天踹了你!"

问得多了,二狗叔不知怎么应对,只好编瞎话说是自己身体有问题,生不了孩子。

这下,两个姐姐就不好再说什么了。

其实,二狗叔也想要孩子啊,他梦里都能梦见白白胖胖的娃娃冲着他笑。可他从来没有催过徐美凤,他知道要孩子这事急不来,也强求不来。他是抱定了不要孩子也要跟徐美凤过一辈子的决心。

可没想到,老天怜悯,二狗叔35那年,徐美凤竟怀孕了!

无中生有的惊喜,让二狗叔觉得很幸福。他对这份幸福的回报就是加倍对徐美凤好。

有了孩子的二狗叔,觉得人生很圆满。这种圆满让他无论在家里还是在店里都任劳任怨。对于人生,二狗叔没有过多地奢求,老婆孩子热炕头的日子就是他最想要的。

可孩子8岁的时候,徐美凤竟留下了一封信离家出走了。

徐美凤在信里写了她在婚姻中的诸多不幸福,她说:我不喜欢你的呼噜声,不喜欢你说话的口音,我和你睡了这么多年,每次亲热我觉得别扭,你的家人也不喜欢我……我知道你对我好,可是我心里有放不下的人,我要去找他。

徐美凤上哪了?

徐美凤上北京去找她的初恋许文波了。

90年代已经有网络了,徐美凤学会上网后,在百度上打上了那个她从来不曾忘记过的名字:许文波。

许文波在北京读完研后,就留在大学当老师了。为了评职称,这些年他发表了不少学术著作,在网上是很容易检索到他的信息的。他发表的那些文章里也都有作者简介,徐美凤于是知道了许文波是在北京某大学的政法学院任教。

去找他的想法一旦生起来,就像燎原的火一样,时时刻刻灼烧着她。她想去见他，亲口问一句：你心里还有我吗？

徐美凤想，原来他是研究生，她是农村姑娘，他们两个是不般配的。可现在，她也是城市户口了，还有了一份体面的工作，而且，她比他还小五岁，虽说生过孩子，但是她的身材和样貌依然保持得很好。这几年生活条件好了，穿衣打扮的品位也有所提高，徐美凤自觉女性魅力不但没有减少，跟从前比反而更有风韵和情致了。

去之前，她就想好了：只要许文波心里还有她，她就愿意等他，等他离婚。他要是念在孩子的份上不舍得离婚，那她可以一直等他，等到他把孩子抚养长大，他们再在一起也是可以的。

没有爱情的婚姻一点都不幸福，徐美凤觉得她和二狗叔这十几年就是个凑合，这样的日子她过够了，在三十多岁的年纪，她竟又生出了少女般的勇气，想着为爱再活一回。

二狗叔不敢把老婆跑了的事情告诉两个姐姐，可是纸包不住火。

儿子放暑假在家里没人照顾，去姑姑家住，把什么都说了。

两个姐姐对着二狗叔咬牙切齿地骂徐美凤。

"真是个坏女人！就怪你把她宠坏了！"

"她也太欺负人了！她这是出轨，还敢光明正大说她心里有放不下的人！"

"这个女人可真狠，连孩子都不要了！"

两个姐姐的怒骂把二狗叔心里好不容易压下去的痛苦又揪了出来。

二狗叔蹲在地上，呜呜地哭了："别说了，徐美凤她不坏，是我把她惯坏了。"

两个姐姐看二狗叔那痛苦的样子，心里又气又疼，也跟着抹起了眼泪。

三

徐美凤这次走其实是有预谋的。

孩子长到7岁的时候,徐美凤单位集资盖房子。

徐美凤回家不说买房子的事儿,先问二狗叔爱不爱她。

二狗叔嘿嘿笑着:这么大年纪的人了,还说什么爱不爱的话。

徐美凤不依不饶:你就说你心里有没有我?

二狗叔说:都过了这么多年了,你还不清楚吗?我就是自己再受难,也不能难为着你和孩子。

徐美凤说:那好,我跟你说,我们单位现在集资盖房子了。你要是心里有我,咱俩就假离婚。等房产证下来,咱俩再复婚,这样房子就算我的婚前财产。

徐美凤把二狗叔说得有点蒙:啥婚前财产?

徐美凤耐着性子柔声说:二狗啊,刚结婚时,我跟着你在出租屋住了两年,结婚时一分钱彩礼也没要。女人最好的几年都跟着你过了苦日子,现在我也是奔四十的人了,哪天你要是不要我了,我不是什么都没有?把房子落在我名下,也算你给我吃个定心丸,不枉我跟你过了这十几年。

徐美凤从来没有这么柔声细语地跟二狗叔说过话,二狗叔心里反而觉得不踏实了。他低着头不说话。

看二狗叔那样儿,徐美凤就知道这事有戏,对付二狗叔,她还是很有手段的。

徐美凤也不再逼问二狗叔。只是那段时间,她对二狗叔和孩子都特别温存。徐美凤做饭好吃,原来她很少做饭,那段时间她像换了个人一样,一下班就赶回家做鱼做菜。

二狗叔心想,徐美凤跟着自己过了十几年了,如今儿子都七八岁了。其实,她提的要求也不过分啊!不就是个房子吗?何苦为了

个房子伤了夫妻间的情分呢。

于是，二狗叔就和徐美凤办了离婚手续。不但办了离婚手续，离婚前，为了给徐美凤吃颗定心丸，二狗叔还把现在住的这套小产权的房子和家里二十万的存款都划给了徐美凤，只把儿子留在了自己名下。

离婚后的徐美凤和二狗叔相安无事地住了一段时间。等新房子的房产证一下来，徐美凤就迫不及待地留下一封信去了北京。

当然，这些内幕二狗叔还没跟两个姐姐说。要是她们知道，徐美凤不但早就跟弟弟离了婚，还把弟弟辛辛苦苦攒了大半辈子的财产都一卷而空，她们还不知道得气成什么样呢！

四

徐美凤到了北京，先找了家小宾馆住下。

第二天，她就一路问着找到了许文波就职的那所大学。

从她住的宾馆到大学，来回要转好几趟公交车，北京的高楼大厦和熙熙攘攘的人群如流水般从车窗里滑过。徐美凤却没有心思欣赏大城市的风景，她在脑海里一遍遍过着待会儿见到许文波时该说的话。

她紧张得像个要见老师的小学生，起伏的胸口间全是亟待喷薄而出的情绪。

大学的校门都是敞开的，徐美凤一路畅通无阻找到了学校政法学院的教研室。教研室里，只有一个四十多岁戴眼镜的女人对着电脑敲敲打打。

徐美凤敲敲门，用普通话问道："您好，请问许文波老师在吗？"

女人的目光移开电脑屏幕，冲她微笑了一下说："哦，许老师去上课了。您坐着等一会儿吧。"

徐美凤本来还担心，如果女人问她是许老师的什么人，她该如何回答。没想到这女人只顾对着电脑敲打，根本不关心她是什么人。

徐美凤呆坐在办公室的黑皮椅子上，静静等了半个多小时后，那女人抬手看了一下手表，抓起电脑旁的电话拨了几个号："喂，许老师，下课了吗？你一位朋友在教研室等你呢。"

女人挂了电话，又对徐美凤露出了客气的微笑："许老师马上就过来了，您稍等。我去前面办公楼一趟。"女人一面说着，一面披上挂在椅子背上的灰色羊绒风衣，匆匆走出了办公室。

徐美凤在心里暗暗感叹，大城市的人果然和小县城不一样。

女人刚一走，一个男子走了进来。

他手里提着一只黑色电脑包，白底浅格子的衬衫扎进卡其色的休闲裤里，看起来洋气又不失精致。

徐美凤一眼就认出来了，这就是许文波！

十几年过去了，他虽稍有发福，但眉眼却不改原来的神色，岁月更让他增添了几分儒雅的气质。

徐美凤从椅子上站起来，她本来想的是见到许文波，第一句话先问他："许文波，这些年你过得好吗？"

可不知怎的，此时此景，她却一句话都说不出。只是呆立着，眼含秋水地望着他。

许文波被她那专注的眼神盯得有些不自在，他微皱了眉头，脸上露出思索的表情，用一种试探又略带抱歉的口吻问道："您是……？"

显然，他已经不认识眼前这个女人了。

十几年前的那段感情，对他来说，并没有徐美凤那样刻骨铭心。

"我，我是美凤啊！"徐美凤的声音已微微颤抖，话一出口，一层泪已覆上了眼眸。

许文波脸上还是茫然的表情，他双目空洞，嘴里下意识地重复了一遍:"美凤?"

"徐美凤,十六年前你在山东道平镇放电影,你忘了?"

"你、你是徐美凤?"许文波先是瞪大了眼睛,然后又尴尬地笑笑,"这些年,你还好吧?"

徐美凤准备的台词被许文波抢先说了。

徐美凤只得点点头说:"还好吧……你呢?"

"我也很好。我结婚了,孩子都上初中了。"许文波招呼徐美凤坐下,又从办公室的书橱里取出一只一次性纸杯,给徐美凤泡了杯茶。

"你这次来北京是旅游?路过?还是办什么事?"

徐美凤摇摇头:"我是专门来找你的。"

许文波脸上露出了尴尬的笑容:"找我的?美凤,你也该结婚了吧?"

"结了,可我……你过得好吗?"徐美凤说着,眼泪终于克制不住地流下来。

许文波在心里已经开始后悔给徐美凤倒了那杯水,他很诧异一个女人如何在经历了十几年岁月的磨砺后,还保持着少女的心智。

许文波不想再跟徐美凤纠缠下去,他装作没有看到徐美凤眼角滑落的那滴泪,抬手看了一眼手表说:"你看,实在不好意思,我妻子一会儿就下课了,我得去接她。"

徐美凤的脸上还挂着泪,她茫然地点点头。

直到看到许文波匆匆离去的背影,她才意识到在许文波面前掉眼泪,是件多么失态而又可笑的行为。

她像突然想起什么似的站起来,跟着许文波一起走了出去。她想看看,许文波的妻子是个什么样的人。

说不出是出于什么样的心理,反正她就想看看。仿佛看了,她对许文波的念想就能彻底断了。她来北京这一趟,也算是有了个交代。

徐美凤隔了许文波二十几米的距离跟着他。她看着他下了楼，走过一条长长的走廊，又穿过一片小花坛，拐了个弯儿进了另一座大楼。他站在大楼的门厅里，他侧身而立，徐美凤看不清他脸上的表情。

一阵铃声响起，学生们三五成群地从楼梯上下来了。有认识他的学生，顽皮地对他打了声招呼："许老师，又来接范老师啊！"

一个穿着长裙的女教师怀抱着一摞资料，从楼上走下来，她身边还围绕着一男一女两个帮她拎包搬书的学生。她和那个女学生正开心地交流着什么，女学生转过头专注地望着她，闪闪发光的眼神里满是仰慕之情，几个人不时发出会心的笑声。

"文波，来啦！"走下楼梯的女教师对着许文波打了声招呼。徐美凤想，怎么连她说话的声音都那么好听啊。

许文波上前要接过学生手中的书和提包，那男学生却推辞道："老师，东西太沉了，还是我们帮您搬到车上吧！"

五月的校园里，已是春暖花开，楼外的小路两边都种满了鲜黄的迎春花，远处河畔的垂柳也焕发了嫩绿的新芽。依然帅气的许文波伴着他高挑清秀的妻子和一男一女两位青春逼人的学生，一路怀抱着书、手提着包，说说笑笑，走在春日的阳光下，他们的背影看起来美得就像一幅画。

徐美凤站在拐弯处的一颗大梧桐树后面，看着他们渐行渐远。她呆呆地立着，一种屈辱又辛酸的感觉席卷了她，眼泪再一次夺眶而出。

许文波的妻子并没有夺目的美貌，但她身上那如同新月般光彩照人的温婉气质却是徐美凤所没有的。

虽然"相形见绌"这个成语徐美凤并不会用，但她觉得在这位范老师面前，自己就像一只艳丽的山鸡，而范老师才是真正有资本

骄傲的孔雀或者凤凰。

而且，她和许文波走在一起的样子，是多么地般配啊！

美凤突然觉得自己来北京来得很荒唐。

她颓然地站在树后，两条腿像被注满了铅，再没有力气挪动一步。

第二天，徐美凤又去了许文波的办公室，这次她问到了许文波的电话。电话打通，怕许文波不肯出来相见，徐美凤先发制人地说："许文波，我明天就走了。走之前有几句话想问你。"

许文波说："好吧，九点半下课后，我在教学楼后等你。"

许文波带徐美凤去了学校的湖心岛，上午学生和老师们都忙着上课，那里人很少。去的路上，两人都闷头赶路，谁也不说话，许文波刻意与徐美凤保持着距离。

到了湖心岛，气氛果然很静谧。密植的各类花草树木把这里掩映得像个世外桃源。这倒是个学生们幽会的好去处。

许文波站定了，面对着徐美凤说："美凤，你想说什么就说吧。"

听了许文波这句话，徐美凤又觉得自己眼眶发热鼻子发酸，但她努力克制住了想要流泪的冲动。

"我有句话，憋在心里很多年，请你一定跟我说实话。当年我给你写信，为什么后来你就不回了？我发现自己怀孕了，我在信里告诉你了。那些信，你到底收到了没有？"

许文波嗫嚅了很久，才叹口气说："对不起啊，美凤……时间过去太久了，我记不清了。中间，我搬过一次家，可能信就没有收到。"

徐美凤咬了下嘴唇，又追问道："如果，那时候你知道我怀孕了，你会回来找我吗？"

许文波皱了眉头，他的喉咙紧张地滚动了一下："美凤，过去的事是我对不起你。可是，时间已经那么久了，我们都老了，也有了自己的家庭……"

徐美凤到底没有从许文波这里得到一个确切的答案。

许文波对她的态度永远是那样含糊不清，他从来没有狂热地追求过她，在一起的时候也从没有甜腻地纠缠过她，就连最后的分手也是云淡风轻地突然断了联系。十几年后的今天，徐美凤千里迢迢跑来，想要一个能让她死心的答案，许文波依然没有给她。

或许，就是他这份含混不清的态度才让徐美凤沉迷了那么多年，怀抱着希望纠结了那么多年。

许文波永远都不会告诉徐美凤，当年她寄出的那些告知自己怀孕的信件，他一封不差地收到了。

只是那时候，他已经和教授的女儿谈起了恋爱，所以，他决心不回。他相信，只要他不再回复，先失望后绝望的徐美凤自然会想办法处理掉那个不该出生的孩子。

五

受了伤的徐美凤回到家乡待了一段时间就辞职了。她把新房子长期租了出去，然后带着存款离开了家乡。

二狗叔和儿子还是住在原先的那间破房子里。虽然，从法律上说，那间房子已经不再属于二狗叔，但是徐美凤念着一点夫妻情分和母子情分，并未将他们赶出去。

每次，我回村里给老人上坟，总能听到村里人议论徐美凤。

有人说，徐美凤辞职后就去南方的大城市打工，只是她年纪大了，又没有学历，所以始终没有挣到大钱；也有人说，徐美凤看破红尘出家了，她跟着别的俗家子弟一起云游四海，夏天去五台山避暑，冬天去南华寺闭关，日子过得很逍遥，只是苦了二狗叔一个人拉扯着儿子。

徐美凤走后，二狗叔还像从前一样，一心一意地带着儿子守着他的杂货铺。他习惯了一成不变的生活。

有人说，也许，二狗叔还在等着徐美凤，也有人说，二狗叔被女人伤怕了坑苦了，恐怕这辈子都不会再找了。

徐美凤走后几年，邻家的一个寡妇经常来二狗叔店里帮忙。那个女人虽然没有徐美凤的美貌，却很贤惠。她每天早起给二狗叔做饭，还跟着二狗叔一起去郊区进货。

寡妇女人一心一意和二狗叔搭伙过日子，让二狗叔体会到了家庭的温暖。就在两人快到谈婚论嫁的时候，徐美凤却回来了。

是二狗叔的儿子刘玉树托人把徐美凤喊回来的。刘玉树职专毕业后，在当地的一家化工厂上班，每个月只有两千出头的薪水。

刘玉树听说爹要娶的那个寡妇女人也带着个没有结婚的儿子。他担心自己的亲爹再婚后，会把本就不丰厚的家产再分给寡妇的儿子一份，所以，刘玉树一直不同意二狗叔的婚事。

可他也知道，这些年来二狗叔既当爹又当妈，拉扯他不容易。思来想去，他就想了个主意，把自己的亲妈徐美凤叫了回来。这样，不但二狗叔老来有伴儿，他自己也能再多分一份亲娘手里握着的家产。

再回来的徐美凤也五十出头了，身材依然窈窕，两鬓却已有了白发。她一回来就搬进了二狗叔的旧房子。本来，自从离婚后，那房子就落在了她名下。

徐美凤手握房子家产，又有儿子撑腰，面对寡妇女人，她有一种雄赳赳气昂昂的气势。

寡妇女人本就不是争强好胜的性格，自徐美凤搬回来后，她就再也没去找二狗叔。

二狗叔的两个姐姐还想着弟弟能娶了寡妇，安安稳稳过后半辈子，可没想到，徐美凤又搬回来了。

知道是侄子刘玉树把徐美凤喊回来的，大姐气得大骂："刘玉树，你是看不得你爹好啊？他都快结婚了，你又把那个女人喊回来干什么？"

刘玉树被大姑骂得没办法了，只得把徐美凤当年如何骗着二狗叔离婚，并把家里房子存款都带走的事儿告诉了大姑。

刘玉树也满腹委屈："大姑，你说我容易吗？小时候别人都有娘管，我没人管，天天就知道疯玩，学习也拉下了，大学没考上。我今年都25了，一个月就两千块的工资，房子也没有，我爹还要再娶个带拖油瓶的寡妇，你叫我以后咋娶媳妇？"

大姐一直以为，二狗叔不住新房子，是为了把房子租出去多挣点钱，直到今天她才知道，原来新房早就不是弟弟的了。

"好你个徐美凤啊，你这个歹毒的女人，可把我弟弟这辈子坑苦了哇……"大姐骂着骂着，就呜呜地哭了起来。

都说长姐如母，从小二狗叔是大姐一手带大的，如今看弟弟晚年落得这般凄凉的境况，做姐姐的又怎么不心疼呢？

可骂归骂，骂完了，为了侄子和弟弟，大姐还得去求徐美凤。求她快点安下心来，跟二狗叔把婚复了，尽起母亲的责任，让出新房子给刘玉树做未来的婚房。

大姐苦口婆心地劝，徐美凤却只是说笑着打哈哈。大姐一走，徐美凤就跟二狗叔说："复什么婚啊？结婚证不就一张纸吗？咱俩这样过不就挺好？"

回来后的徐美凤不说复婚，也不说离婚。二狗叔辛苦看店，为儿子结婚攒钱。浪荡惯了的徐美凤却过着一种想来就来，想走就走的潇洒生活。

有时候，她离家一走就是几个月。回来了，又像没事人一样，继续跟二狗叔一起生活。

她经常不辞而别，让家不像家，二狗叔依然过着一种没人照顾的落魄生活；她频繁地来来回回也彻底断了二狗叔再找的可能性。

二狗叔一天天地老了，岁月让他从一个精壮干练的汉子，变成了两鬓花白脊背微驼的老人。

可他依然如撞钟人一般虔诚地守护着他的小店，风雨无阻地进货、搬货、卖货……

过年的时候，我去他店里买礼品。正看见他站在店门口，踮起脚把一串鞭炮挂在树杈上。看到我来，他很高兴，还像从前那样笑着叫我："丫头，来啦！"他点上鞭炮，搓着手乐呵呵地跑进店里。

新年的鞭炮声在店门口响起，我望向他苍老的眼眸，那一瞬间，我在他眼中读到的并不是愁苦，而是一种满足和欣喜的神色……

横跨整个青春去追你

水清心宁

教书的七〇后,写字的文艺男。王者尚雅,士子独行,浮尘濯净,水清心宁。

个人微信公众号:水清心宁

外公的一碗滑牛肉

■ 水清心宁

2005年夏,我女儿出生。因为我爱人妊高症并发产后出血,在医院的两个多月里,先是妇产科然后内分泌科最后神经内科,和死神几次都是擦肩而过。好在,有惊无险,只是出院后身体一度虚弱,医生嘱咐要加强调养。

可是我爱人向来不怎么吃荤,病床上躺这么长时间,闻着油腥就想吐。

外公听说了,让我母亲接他过来看看。母亲说,你就别添乱了。外公第二天一个人来的,靠他的那条小巴儿狗,拐杖。

我外公,是瞎子。

外公说,补身子牛肉最好不过。母亲说,孩子不沾腥。外公用手里的小毛巾擦了擦眼睛说,你按我说的做,做好了,别对孩子说是荤的,要是问,就说是鸡蛋面。

母亲却仍不放心地说,爹,你是说滑牛肉?那不是很难做吗?再说你又不方便……

外公"呵"的一声笑了,抓了抓他面前的拐杖说,红薯粉家里有吧?你只管割牛肉去,听我的,牛里脊肉估计不好买,牛坐蹲儿就行。孩子住院花了不少钱,你也不用买多少,一斤牛肉就够她一个人吃两天。

我早听母亲说过外公年轻时是远近知名的厨师,他那一双眼也

是因为这个而遭的难。只是每次我们兄妹问起,母亲总说她也不清楚。我们想问外公,可毕竟要提及他那双瞎掉的眼睛,我们不知道怎么开口。

母亲买回牛肉来,外公坐在旁边口授机密。按外公的吩咐,母亲把牛肉切成薄片,放在葱花姜丝里,下手轻揉。外公说,这是去腥膻气。外公问母亲,肉是不是染上葱绿色了?母亲说是。外公说好,再把红薯粉厚厚地铺在菜案上,粉上摊一块牛肉,肉上再撒粉。外公嘱咐母亲,擀的时候要轻用力,别给牛肉擀碎了,擀得越薄越好。

等母亲告诉外公全部擀好,外公让母亲把薄牛肉片切成一指宽的长条,热油炝葱花辣椒,滚水下锅就成了。

起锅端给我爱人,她吃了一口,问是什么面条。客厅里坐着的外公听了,扶了拐杖差点儿笑出声来。他总是不停地用小毛巾擦眼睛里淌下来的泪水。

也许是我们刚从一场不小的劫难中走出来,一家人的心情格外好,吃过晚饭,聊天要到好晚,我也终于有机会听到外公这一碗滑牛肉的故事。

外公说,再不说出来,真的要带进他的棺材里了。

外公年轻时做一手好菜,布湾镇都不说了,整个县里都挂了名。他又有一位舅舅留过洋,懂得西方的营养科学。外公经过喝了洋墨水舅舅的指点,不但菜做得好,还懂得怎样搭配着吃才有营养。虽然那个时候老百姓大多都食不果腹,但啥时候都不缺有钱人。我外公就在这些有钱人家里做私厨。

外公21岁那年,布湾镇的一家大户人家把女儿许配给他,商定着春节时过门,可战争却说来就来了。

有一支日本宪兵队从潢川顺着现在的106国道直奔布湾镇,准备舍近求远过布湾经罗山,袭击信阳城。为首的川畸长官经过布湾镇南头的淮河大桥时,乘坐的吉普车开进了布湾镇民兵挖的陷阱里。

没被里面的刺刀捅死算他命大,数九寒天里,陷阱里的冰水也把川畸这小子冻得骂娘都只剩打哆嗦了。

川畸原本水土不服,这一惊一冻,病倒在强行占下的布湾镇公所里。有人献计川畸,镇上有丁厨师,做得一手好菜,又会调养身体。没怎么费劲,我外公就被带到了镇公所。

外公说,调养身体,滑牛肉最好。

宪兵去街上转一圈,空手而归。一会儿拿出一包牛肉干给外公。

外公说新鲜的才行。

宪兵出去,很快拉一头牛来,锤杀。不剥皮,剜下一块牛屁股,拎给外公。

外公说牛里脊最好。

宪兵抽刀,劈开牛脊,扯出里脊,扔在外公身边的案子上。晃晃手里滴血的刀吼,还要什么,一并说出来,川畸君等着补身子呢!

外公说,红薯粉两斤,鸡蛋两斤,葱姜佐料各一份。

等一切备齐,外公让所有人离开。祖传秘方,一概不允许旁人在场。

日本宪兵不同意,报告川畸。僵持一个多时辰,川畸放出话,同意。做熟后让外公先吃一碗。

又等一个时辰,外公打开门,冷锅冷灶,擀成薄片的牛肉浸在鸡蛋清里。

宪兵又吼,为什么不烧火下锅!

外公说这是必要的过程,时辰不到,营养出不来。

日落西山,外公才把一碗滑牛肉做好。等外公慢悠悠吃完一碗,川畸小子早已经在旁边大吞涎水,一边呵气一边点头,不停地说要得,要得!一旁的翻译官说,我们这儿有一句话,叫作好饭要等,川畸君还望海涵。

川畸连吃三天,感觉身体恢复不少,提出带外公一起走。川畸

挤出一丝笑,让翻译转告外公,可以把未婚妻带上,绝不会让任何人动她一根头发。

外公心里一惊。挖陷阱排雷管时不小心爆了一根外公都没怕过,这会儿他感觉背后出了冷汗。川畸等于明说了外公的软肋是什么。

川畸部队准备开拔的那天上午,川畸照例要吃滑牛肉。外公大叫一声冲出厨房,哇哇大叫,满脸扑的都是白粉,惊得日本兵先是往外蹿,转身又围拢来。

外公做滑牛肉时不小心把碗柜顶上的一瓶烧碱弄倒了,全撒在眼睛上。川畸急忙命令清水冲洗,可还是没能保住外公的眼睛。

最后外公用祖传的滑牛肉秘方换得川畸的信任,同意外公留下。

川畸部队还没到达信阳,就中了离信阳还有十来公里的浉河大桥上的埋伏,全部淹死在冰冷刺骨的淮河里。

消息传来,布湾镇人奔走相告,外婆的父亲不但不嫌弃外公瞎了眼睛,反而视外公为自己的亲生骨肉,趁着喜庆,把女儿嫁给了外公。

外婆更是通情达理,一辈子照顾外公。外公不能做厨,外婆用娘家陪嫁的钱在镇上开了爿烟酒铺,两人和气待人,诚信经营,日子倒还不至于艰难。

只是当时牛是农民耕田的重要劳力,牛肉难得,偶尔得之,外公必亲自下厨,给外婆做滑牛肉。每当此时,外公外婆就关店休息,外公做,外婆帮他擦眼泪。

外婆伴外公时间不长,却也生下母亲和其他两个兄妹。外公说,他一辈子做得最好的菜就是滑牛肉,眼睛瞎了之后,只给外婆一个人做。外婆临走时对外公说,他以后可以给别人做,她绝对没意见。外公却不这么认为,除了外婆,谁还能吃出来他做的滑牛肉真正的滋味呢?

说到这里,外公红了脸。害羞的男人最动人,害羞的老人动真心。反正外公看不见，我盯着外公羞红的脸，觉得世上最美好的爱情，莫过于此吧。

外公说，直到后来解放了，还有人让他公开被川畸小鬼子带进浉河喂鱼的祖传秘方。那是根本就没有的事，外公说，他当初那么大费周章，主要是吊住川畸小鬼子的胃口，让他对自己做的滑牛肉有神秘感，好拖住川畸，给信阳那边的防御工事争取时间。外公又说，牛肉很有营养，大家都知道，不过不容易消化。病人脾胃弱，更不易吃。但是在粉子上擀成皮，牛肉纤维一破坏，就容易消化了。其他的，全是噱头。

外公在世的最后几年里，布湾镇上牛肉已经不是稀罕物了，可是那年头我口袋里没钱，滑牛肉也就只是爱人住院回来那阵子做，外公也不舍得吃。当我有钱能随便买牛肉吃时，外公已经不在人世了。我买来牛肉，甚至不再放葱姜里揉去腥膻味，直接切成薄片，放粉子上擀了，切成手指宽，滚水里下了，爱人和女儿都说好吃。

人心深似井，到底一场空

■ 水清心宁

我们那个布湾的村子，黄姓人家占绝大多数，因此，这里原本是叫黄庄的。后来一个姓于的后生，头脑活泛，先是走街串巷当挑货郎，后又赶武汉去合肥，批发布匹，在镇上支个布摊零卖。没几年，就又在村口盖了大场院，请来山西的师傅，开起了染房。村口成天就挂满红蓝黄绿绛紫黑的各色布匹，比天上的云霞还好看。等到姓于的后生结婚时，他早已建了三进三出的大庭院，高院墙，阔庭房，

灰瓦红砖，四邻八乡都首屈一指。

　　姓于的后生这时也早被人于老板于老板地叫着了，只是于老板子息淡薄，眼看着结婚多年，生意日益兴隆，妻子月桂的肚子却没一点儿隆起的迹象，于老板的善事就越发做得大方。每年腊八，染房歇工三天，大师傅休息，长工架起大锅，系上围裙，一锅一锅地熬腊八粥，分食乡邻。终于感动观音，于老板四十有二的那年先得一女，隔年又得一子，孩子都是腊八这天落地，一时乡里传为奇谈。

　　我们那地方，孩子落地的第九天要招待亲友的祝贺，叫九天客，取长久之意。于老板从儿子出生的当天起就设宴招待亲朋好友，一直到第九天，于老板发话，三八流水席，凡来者不分男女老少，亲朋乡邻，进门说声恭喜发财，就可落座，酒肉自便。宴席过后，打碎的杯盘碗盏都扫了几箩筐。

　　于老板的染房染布，也零售，来染房买个三丈五尺的，价格更是比街上便宜。衣食住行，衣字排头个，人人要穿衣，乡亲们种田地，来钱的路子少，于老板家布料便宜，自然四邻八乡很快都知道了。新媳妇大婶娘说起于家染房比说黄庄更便利，布湾布湾叫得多了，我们那个村子，在人们嘴上就改成布湾了。

　　于家生意越做越大，村子里青壮劳力忙完农活也有去染房做短工的。活不比田地里累，每天又有现钱拿，不得不说于老板是给村里做了一件大好事。可也有堵心的事情，村前村后的沟塘，不知道啥时候起，变得乌黑发臭了。井越淘越深，水却越来越苦涩了。

　　大家的心是明亮的，这沟塘水井里的水，都是被于老板染房里每日淌出来的黄的、黑的、蓝的、绿的水给染的。可是，谁愿意把堵在心里的话说出来呢？不是有句话常说，吃人家的嘴软，拿人家的手软嘛。再说了，谁不让你挖眼深井呢？看人家于老板，就新挖了一眼。

　　于老板从外地请来工匠，在后院里足足倒腾了个把月，用老学究的话说，都不怕把地球凿穿吗？老学究懂得多，知道地球是圆的。老学究这次没说对，于老板请的一班人马没凿穿地球，倒是凿出了清亮亮甜丝丝的井水，比以前的井水还好喝。帮工的壮老力干活不留饭，但茶水总是不断供的，干活回家来无不这样说。于家的井，淘挖的深，修砌的也气派。井台是一整块石板凿成的，为了不落雨水，井上还建了亭子。

"于老板出手阔绰，啥子事儿不干得漂亮？"村里人端着饭碗，嚼着咸涩的水煮饭说。

"就是啊，你看人家两个孩子，个个出挑得人有人样，个有个头儿。"

"可他那儿子……"

老学究接过话："这你就不懂了。这正是于老板活该发大财。这叫缺，不然太圆满，满了就溢，就倒，就淌，流……财就散了……"

村人似懂非懂，村人又深信不疑。

村人说的，是于老板的儿子，十来岁了，光鼻子画眼睛，却还不会说话，哑子不说，还像个呆头鹅。

老学究的话这次似乎又没说对。于老板的女儿腊梅十八岁那年招赘成亲，于老板带着月桂去武汉置办嫁妆，不曾想半路暴病，夫妻两个还没撑到布湾就殁了。入赘的女婿陈德坤，留下一纸书信，于老板夫妇的棺材还没运回布湾，就不辞而别了。

大家眼中的陈德坤，是多年前于老板在雪地里捡回的流浪儿，心眼乖巧，于老板对他视为己出。就算后来有了腊梅和哑儿，于老板也没丝毫的薄待过。在陈德坤应下于老板招赘为婿的话后，于老板请的山西师傅的全部染房手艺，更是手把手悉数传给了他。谁能想到，陈德坤居然是来偷学技术的呢？就算于老板不出意外，陈德坤说他也早做好了逃跑的计划。

腊梅看罢陈德坤的信又一次哭晕在父母的灵堂前。

开染房，靠手艺，于家请的师傅，因为陈德坤能够独自撑持了，早被于老板遣散几个。剩下的几个师傅看眼前阵势，染房再开下去怕是无望，也就各自走人，趁着乱，能带能拿的，也就顺手牵羊了。原本染房里也没什么大型机械，等棺木落土，于家的大宅院，真真是人去屋空了。

"那么大的一片家产事业，怎么说没就没了呢？"这回，连老学究都看不懂了。

生意做不下去，日子还要过下去。腊梅请来工匠，要拆那井上的亭子，挖掉那眼水井。哑弟听说了，拖着鼻涕从前院跑来，趴在井台的那石板上哭叫着不起来，比爹娘下葬还伤心。

当年于老板请人建好井上这亭子，招待完工匠，屋房里只剩下自己一家人时，于老板对腊梅说，哪天你姐弟两个吃不住了，就先把水井给挖掉填平。母亲月桂拿话嗔他，生意好好的，尽说瞎话唬孩子。没曾想，父亲当年的话却成了真。

或许爹的话是一句儿戏吧。腊梅叹一声气，拉起井台上的哑弟，吩咐工匠，拆了院墙，把三进的庭院拆成三个单独的院子，自己留一处住，剩下的，卖了。想想，弟弟心里不傻呢，掘了井，明摆着是不让活了嘛。

高大的院墙拆掉了，以前帮工的青壮劳力传说的水井也走出了深宅高院，人们争相前来打水。舀起一瓢，果然凉丝丝甜丝丝。前来打水的，也都念起于老板的好，去腊梅跟前安慰几句，询问几声。空旷了几天的屋子里，渐渐有了人走动，冷清清的家里，也有了气息。

第二年，腊梅托媒婆把自己嫁到邻村，那家的闺女，过这边来，做了哑弟的媳妇。这在俺们那里不算稀罕事儿，就是换亲。只是那家的男方是瘸子，这边的哑弟是哑巴，两不亏的。

日子就这么过着，不管东家哭还是西家笑。只是那眼井水，打水的人越多，水越发的清甜。我记事时，井上的亭子早已年久失修没有了，那眼井还在，早晚挑桶打水的人不断，水桶相碰，泼洒了井水，相互笑闹着，丁光光一片水桶声，嘻哈哈一片笑闹声。只是大人们提醒我们不要靠近，一怕掉下去，二怕我们扔砖头，往里撒尿，脏了井水。

前年我们村推行居民点建设，集体搬迁到离公路更近的小学校旁边。老宅的村子空了，两个年轻人开着铲车和挖掘机平整土地。平到那眼老井时，开铲车的年轻人停下机器，爬上挖掘机驾驶室说，听说这老井有些年月了，又是大户人家凿的，说不定打水时掉的有瓶瓶罐罐，到现在岂不是文物了？就算没有，这砌井的大方砖，也定是值钱的。要不，我们别填，挖起这些砖来，拉回去。

两个年轻人好有技术，操作起巨大的挖铲来如挥铲烹小鲜，一根烟工夫，老井四周挖了一间房屋大小的深坑。又一铲下去，听得"哗啦"一声，不像是刚才挖的黄土泥，两人下得驾驶室，眼前的一幕让两个人欢喜难禁。挖铲下一个一抱粗的黑瓦坛子被挖破，白花花的银圆淌满一泥坑。两人再挖，并排又是两坛。

两个年轻人不在乎砌井的老方砖了，开始讨论起怎么分这三坛子银圆来。开铲车的说他出的主意，理应多得一坛，开挖掘机的说是他动手挖的，理应得两坛。两人争执不下，越说越情薄，越吵越有气。一气之下，其中一个掏出手机，一个电话打到派出所。派出所来了人，拉起警戒线，银圆全部上缴。

村里上年纪的人讲起这眼老井的故事，听的人就说腊梅和她哑弟应该去向政府要回属于他们的财产。一圈子听的人都说应该，应该。上了年纪的人耳朵背，半天才听明白一圈人的吵嚷："腊梅在哪儿？我哪知道啊？都多少年的事儿了。听说，是早搬走了吧。"

一把奶油瓜子

■ 水清心宁

母亲一声不吭地把粮食囤子上的那把瓜子收起来,打开那个油黑乌重的橱柜的锁,把那把瓜子和柜子里的放到一起。

母亲一定认定了是我偷拿了橱柜里的瓜子,因为家里平时绝对不会有这样的零嘴。橱柜里的瓜子,大家都知道干什么用,只有我,年纪最小,不懂事,才会偷拿出来吃。

我想说那瓜子还没晾干,没说出口。我不能解释那瓜子是怎么来的,如果说了,更伤母亲的心。我宁愿让母亲相信是我一时嘴馋,偷拿橱柜里的。

母亲认定是我偷拿了橱柜里的瓜子,也没责打我,她甚至连瞪我一眼都没有。她知道穷人的孩子嘴特馋,嘴馋怪不得孩子,谁不爱吃好的?大人能忍,孩子毕竟是孩子。小时候上街,我赖在油条摊前不走,父亲一巴掌打过来,母亲落了泪。母亲的泪水砸在我脸上,比父亲的巴掌还疼。我却仍管不住自己,看到母亲买回来的奶油瓜子,肚里的馋虫翻腾啃噬,闹得口水汹涌。这几天街上又逢会唱大戏,到处都是卖小吃的,麻花啊,瓜子呀,麻糖啊,油角啊,花生啊,叫卖声直往耳朵里钻。

我从鸡窝里拿了两只鸡蛋,去戏台下换了两包奶油瓜子。不知道是不是二姐发现了我的鬼把戏,任我怎么在人群里钻,二姐都像影子一样寸步不离,虽然那天没有太阳,零食就在口袋里却吃不到,要比没钱买更让人难熬。好不容易快到中午,二姐要回去做饭了,谁想一阵凉风扫过脚脖子,大雨就砸在脑瓢上了。等我捂着口袋跑回家,口袋里瓜子还是被淋了个透湿。

原本想着放那粮食囤子上晾干,等那帮家伙把橱柜里的奶油瓜子吃掉，我再享受我的雨泡奶油瓜子的，不曾想粮食囤子空了，母亲要把红薯干放进去，我盖着几张哥的作业本纸的瓜子，也就轻易地被发现了。

我哥就要初中毕业了，老师说可以报考县里的师范。读师范不用交学费，两年回来就是教师，公家人。读完初中能考上县里的师范，是布湾镇的那所中学里所有学生的梦想。哥聪明，哥努力，哥的成绩好，哥考县里的师范，板凳上钉钉子。和哥读同班的水清回来说的。

可是，报考县里的师范要村里的干部签字，要学校的老师签字。有人对父亲这么说，母亲也听到别人说过这样的话。

父母如临深渊。他们不知道怎样才能让村里的干部和学校的老师同意哥报考县里的师范。他们极少去村部，从没跨进学校门。他们连哪个村干部说了算都不知道。同族的我叫叔叔的，在学校帮工，修校舍，锁大门，人瘦，都叫他老干。那天母亲严肃地告诉我，以后不管在村里还是学校里，再见到老干，不，再见到你干叔，要主动喊一声干叔。转身母亲又纠正，喊五叔，他排行老五。记住了？母亲不放心地叮嘱。

原来干叔中午吃过饭来我们家里，确定了父母先前听到的传闻，并且，眼看着孩子就要毕业了，这事宜早不宜迟。

我的父母长年累月里，只限于土地，土地都透实，该撒几袋肥，该下几斤种，该刨几番草，明摆在那里。五叔的话里，有遮掩，有没说明的内容，父母如履薄冰。

吃过夜饭，母亲用头巾兜了几十个鸡蛋，去了五叔家，母亲说让五叔指个路。五叔说村里和学校签字不难，请他们吃个饭就行了。父亲急切地接过话问他们是谁？支书老钱，村长老赵啊，娃子的各科老师，班主任啊。母亲小心地把鸡蛋轻放在五叔厅堂里的餐桌上，说他叔，咱没啥拿的，鸡蛋都是新鲜的。五叔热情起来，交代父亲，去村支书家问个方便的时间，支书只要答应了，他自己就会联系该

到场的老师们，都不用你操心。父亲仍为难，我笨嘴拙舌，话都说不囫囵，侄子是自家孩子，他叔你就帮到底，帮俺去村里请村长呗。

父母比过年还频繁地去布湾镇赶集，几乎清空了粮食囤子。卖粮食，买酒，割肉，父亲撒网逮的鱼，五叔说太小，猫鱼咋能上得了台面？又买大头鲢子。肉请五婶来烧好，鱼炸好，鸡是自家养的，随时捉来杀，倒不用提前上街准备。

我手捂着大裤衩口袋里淋湿的奶油瓜子从街上跑回来时，五叔草帽子罩了头来我们家，边跺脚上的泥边宣布重大消息一般地说：你们真是好运气，刚好这几天街上逢会，村干部们正看戏，逛会，聚得齐，就这两天吧。

五叔真的是心细，从他们进屋到吃完酒离开，所需所用，样样周全。茶杯最好是一色儿的，再怎么也大小体格差不多，不至于让来客误以为咱厚待谁，轻看谁。奶油瓜子不能少，村干部抽烟，老师们没几个抽烟的，老师们来了总不至于干瞪眼子吧。瓜子小，耐抓，受唬。板凳也是从左右邻居家借的，五叔非要我们找高低一样的板凳，结果害得我们兄妹跑遍了半个村子。

那顿饭别提有多丰盛，五婶娘家在布湾开过餐馆，厨房里的事见多识广，我看也算是拿出了看家本领，从邻居家抬来的那张大方桌上，碟子都架得好几层。

五叔安排得周全，来客们吃得开心、融洽、欢快、酣畅，划拳猜酒，手起杯空，好不热闹。当然，我们只有躲厨房里吃点装碟子时剩下的菜，这已经比得上过年了。父亲背对门口坐着，不时被召唤来厨房里把新炒的菜一碟碟地端上桌。他要是坐下，就弯腰蹋背，手里抓着筷子，都不往桌上伸，他省一筷子菜，桌上就多一筷子菜呢。

邻居家的猫狗不断地从我们家的堂屋里叼走一块块的骨头。他们一直闹到太阳偏西才散，杯尽碟光，五叔说这是看得起咱，说明咱家的菜好，做得也好。只是准备的奶油瓜子，没怎么动。五婶抓一把嗑，立即就呸呸呸地要把舌头吐地上。我说怎么没人吃呢，老婶子，你咋准备的瓜子？不焦不香也就算了，还是苦的！大家手都伸过来，一个一个地抵门牙上嗑开，再在手里剥出仁子，认真看了，放到嘴里嚼，真有苦的。图便宜买了存年的吧？五叔喝了不少酒，一边嗑一边喝茶。只有我知道，一定是那些湿瓜子，这热天里，坏掉了。

那年哥却没能报考县里的师范。哥回来说学校张贴的公布栏里没有他的名字。五叔后脚就到了，五叔说他听别人说的，村干部和老师们开会商议报考师范的学生名单时，有一个村干部说你们家拿坏瓜子糊弄人。原本这指标给谁对他们来说都无所谓，那个村干部那话也是无心，可是，哥的申请表就放一边了。

父母照常吃饭，他们早习惯这种无可把握的生活。任何一件事，任他们再尽力尽心，结果都不是他们能够说了算的。就像连他们成年累月里侍弄的庄稼，眼看成熟，只消一阵风，一场雨，辛苦劳作了一季，就只能眼睁睁看着烂在泥水里了。给谁说理去？那是老天爷干的，你能怎样老天爷？父母的生活里，处处都是老天爷这样的人，怎么也奈何不了的。父母也早习惯了平静地接受一切不可预知的坏消息。他们照常吃饭，因为还要下地干活。只有哥，负气躺在床上，父母也不劝，那意思，以后习惯了，也就好了。

哥真的第二天就去上学了，填报了县里的高中。他和父母不同的是，他虽然接受了现实，但选择了更艰难的抗争。

为了供应哥读高中读大学，我两个姐姐都因为交不起学费当年就回家跟着父母下田了。我勉强读到初中的时候，县里的师范学校已经不像哥当年那样炙手可热了，因为师范生毕业不包分配了，成绩差不多的都不愿意去了，费用依然少，自然不再要谁的签字就能报考。虽然我的成绩和哥当年一样优秀，但我还是去县里读了师范，不然，我只能回家种田。

有时候想想，自己没读大学也不能怪父母没能力供应，更不能说他们偏心厚此薄彼，只能怪我自己，那天偷偷用两个鸡蛋换了那两包奶油瓜子。

老胡的包子
■ 水清心宁

布湾镇南头，一片十来亩的大院子，成排的低矮青砖小房，我们称之为外贸。

镇上的大小部门，学校、镇政府、派出所、计生所、粮管所、农机站、兽医站，七站八所，听名字都知道是干什么的，唯独外贸，名字特别，我们看不出来是干什么的，也没谁去深究，当时只知道外贸有食堂，食堂里有老胡卖的包子。

布湾镇的中学在镇子的东头，学校里也有食堂，我们之所以跑那么远去外贸，是因为老胡的包子个大，皮薄，细粉馅子又辣又香，偶尔还能吃到那么一小块肉，或许是油渣，这已经是奢侈了。

吃包子，就稀饭，是不用要菜的，这在当时就已经是犒赏自己的嘴巴和肠胃了。现在想来，老胡的包子之所以能实惠到我们穷学生吃得起，是因为老胡是一个人，里里外外，锅上锅下，他一个人忙活。不雇别人，成本自然就省好多。

放了学，饥肠辘辘的我们奔到外贸，一拥而上，不顾包子热稀饭烫，十多只手一齐伸向掀开的馍锅，又隔了蒸腾的热气，任老胡再多长出一双眼睛，也看不过来张牙舞爪的手各属于谁，每只手里究竟抓了几只包子。

只管吃，吃完之后再去守着锅灶的老胡那里付钱。

"几个？"

"两个。"伸过去的手里，是两个包子的钱。老胡的稀饭是不要钱的，随便喝。

"赌咒！"

赌咒不是两个！声势的虚张，需要更响亮的嗓音，更坚定的语气。

大多这个时候，老胡会接下我们手里伸向他的钱，然后嘴里嘟囔一句谁也听不清的话。

老胡也有觉察的时候，就真的让坚持说只吃两个包子的家伙赌咒。

"说瞎话！"

"我要就吃两个，骂你自己！"

到了这个份儿上，老胡连嘟囔也没有了，我们手里的钱，不等他接，直接就扔在地上了。

总是隔一段时间就会上演一次全武行。

可能老胡真的特意只盯某一个人，然后吃完付钱时，老胡一口咬定我们中的某个人吃了三个或四个包子。那么上面付钱的情形就会接着往下演。老胡不去捡地上的钱，而是一把抓住把钱扔到地上转身要走的家伙的衣摆，很有把握地说："赌咒你只吃两个！"

这个时候，被抓了衣服下摆的家伙，咒也赌了，当了我们十来个学生的面，却仍被老胡揪着不放，那也就是说，他有可能撒谎吃白食，把自己的亲娘给搭上了。既羞又恼，老胡瘦小年迈，怒气很容易就在年轻无知的身体里爆发出来，撕扯一转身就成了扭打。

老胡哪能抵得过十三四岁半大小子那生硬的拳头？最终，老胡愤愤地骂，弯腰捡起扔在地上的钱，回到锅灶边，接着收我们递过去的饭钱。

这样的情形不多，可是每学期总要有那么两三回。可能老胡也是无奈，虽然并没有多要到饭钱，还可能挨上几拳头，可是能够让一部分学生不再偷吃太多。至少我当时是这样的。毕竟被人怀疑吃白食是不光彩的。

当年在外贸食堂吃老胡包子的这段经历，我极少主动想起。即使有时候想起，我也不愿意让自己的思绪在那间低矮的灶房里停留。那时候太穷，为了一口饭，连尊严都顾不上，心底里，总是要浮着一层难堪、愧疚。

时隔这么多年之所以再次想起老胡和他的包子，缘于前段时间的一次聚会。

当年的同学健和军一起从外地回来，约大家聚聚。巧得很，钱也刚回来没走，我虽不在布湾，离得不远，也就回去了。

大家落座，负责联系酒店的辉说，这家酒店的面点很出名，尤其是包子，牛肉馅，味道鲜。这年头能用心做面点的酒店，菜品是不用担心的。

"有外贸里老胡的包子好吗？"同学相见，自然会回忆起当年，一提包子，想起老胡和他的包子来，简直顺理成章了。

"再也吃不到老胡那样好吃的包子喽！"在布湾中学的赵老师说，"老胡的包子，就是朱元璋登基后念叨逃难时的那碗'珍珠翡翠白玉汤'，那是情怀，是无法找回的念想。"

"还说呢，当年你可是没少把老胡的包子揣到怀里送给姜春花！""就是，你能把春花追到手，老胡的包子算是立了头功！"

"有一次我回来，看到老胡提着篮子在街头上卖包子，要不是离得近，我都不敢认他了。腰驼得像背着一张乌龟壳。我问他，外贸都砍掉了，咋不回去。他说回哪儿？唉。原来他压根儿就是一个人。"

"哦。当时我们还以为他骗我们呢。说真心话，当年我们没少吃他的便宜包子啊。"

"现在呢？现在老胡怎样了？你们谁知道不？"

"哪还能找到他的消息？外贸那个院子，早几年都推平搞开发了。"

有一个短暂的沉默，大家都放下筷子停了酒杯。这时候，坐在上席的健端起杯说："你们还都怀念起那老东西来，他那包子馅里的肉渣，八成就是肉铺上的下脚料。我可要提醒你们，我们可是个个挨过老东西骂的！他还打过我一次！有什么好打听的？死了才好！"

辉没让健说下去，举起酒杯说："今天是咱们哥几个难得一聚，原本该为罗健兄罗总和刘军哥刘老板接风，罗总硬是说他安排，不管怎么着，大家都别扯那些不愉快了！来，半杯的满上，满的都端起来，大家一起干！"

等到牛肉包子上来时，大家都酒足饭饱了，也难怪牛肉包子居然没动，盘子都叠起几层，有几个菜都没怎么动筷子。临走时辉让服务员打包，只带了那几只包子，拉住我让我晚一步说话。待到出了酒店大门，只剩下我们两个时，辉说："明天我们几个再聚。"他提了提手里的包子，说，"我们一起吃包子。"

我说还叫罗健吗？

辉说你说呢？——叫他干吗？

那天回去的路上，我几次停下来，小镇的夜很安静，路灯朦胧。事隔多年之后，我突然发现，当初在外贸的那个食堂里，老胡在同一个锅里蒸出来的细粉包子，大家吃出来的味道，怎么有着天壤之别呢？

我见过的爱，披着欺骗的外衣

■ 水清心宁

那一年我应聘到市新区刚建的一所高中任教，市局领导非常重视学校的发展。"名校周边可以带动一系列经济发展，"市领导在全体教师会上说，"我们学校的发展，关系到整个新区的经济建设和发展。"校领导在会上表态：我们一定不辜负领导的信任和重托，第一届毕业生，一定要完成国家名牌大学的录取目标，实现我们学校的开门红。

我们坐在下面的老师面面相觑，都在为领导的承诺担忧。新学校，没有什么信誉度，生源并不理想。考上名牌大学，在我们这个内地偏远的小城，真不常见。会后几个高三班主任都说，希望全在我们班了。

我们班的吕晓君，每次大考一直都是年级第一，能把第二名甩开几十分的距离。我也在心里想，如果有一个考上名牌大学的，也只有吕晓君了。

同事们都说，老杨，加把劲儿啊，市委许诺的福利和奖金，可全都指望你了。

我深知责任重大，每天吃住在校，除了吃饭休息，几乎所有的时间都陪在教室里。学生不知道从哪里听说了市委给我们下达的升学目标，有几个孩子对我说，羊头（孩子们都这样称呼我），你休息一会儿吧，我们会努力的。

我知道孩子们很努力，可还是不敢有丝毫懈怠。至少，我要努力到让大家看到我尽全力了。退一步讲，就算是以后没考上名牌的，我也要做到问心无愧，让同事们不留遗憾。

就在高考前两个月，有一次课间的时候我放办公桌上的手机响了,是吕晓君妈妈打来的,她问我是在办公室还是在教室。我说在办公室。她又问身边有学生吗?我说没有,办公室里就我一人,你有什么话尽管说。然后她就哽咽起来,她说吕晓君的爸爸查出了肝癌,晚期,她爸爸不准备治了。晚期了,又没地方借钱治……

我不知道怎样安慰这样一位不幸的母亲,我只能安静地听她把话说完。她说,杨老师,这还有两个月不到的时间,她爸和我都想好了,只要吕晓君能考上大学,她爸就是不在了,我们也认命了。只求你留意孩子的表现,我和她爸担心孩子万一觉察了什么,影响了学习。晓君心细,女孩子又敏感,万一知道点什么,我们这个家,真的什么也没了。

我只好拿干巴巴的几句话安慰她,我说我会随时细心留意吕晓君的思想动向,一有什么细微变化,我就会及时和她沟通。

没过几天,我趁学生上课时间去了趟吕晓君的家,她家庭困难我是知道的,倒还收拾得干净利落。吕晓君的爸爸精神还好,只是比我记忆中要清瘦些。

没几天学校开大考表彰会,吕晓君的爸爸来参加。吕晓君作为优秀生上台发言之后,一路小跑地把奖状递给台下坐着的爸爸,然后偎依在他身边,父女两个脸上满是自豪。

那年六月,吕晓君果然不负众望,夺取了那年的市高考理科状元,被北京的一所著名大学录取。暑假即将结束的时候,传来她爸去世的消息。我和几个学生一起去看望她。

吕晓君哭得像个泪人,两天时间里滴水未进,身体极度虚弱。班长安慰她说,你就不要太伤心了,我们早不就说好了吗?只要你考上爸爸理想中的大学,他的在天之灵也会安息的。现在你爸的愿望实现了,你要照顾好自己,不然,我们当初所做的一切,就没有一点儿意义了。旁边的几个同学也都这样安慰她。

我在旁边听得云里雾里,却又明显感觉出班长话语里隐含着没说明的内容。回来的路上，我问同学们怎么回事，班长说，老师，其实我们早就知道吕晓君的爸爸得了肝癌的事，我们也都知道她爸妈怕影响她学习一直对她隐瞒着。吕晓君为了让爸爸安心地走，就一直没有表现出来，每天故意做出轻松快乐的样子。

一旁的同学接着说，我们刚开始知道的时候，都着急得快要疯掉了。一种意见是公开，我们去给吕晓君的爸爸募捐，还可以在网络上筹集。可反对的说，就算是筹集够了钱，未必就能解决问题，要知道是肝癌，还是晚期。那样做，吕晓君的爸爸要担负多大的精神压力，不仅吕晓君受到影响，我们都会分散一部分学习的时间和精力。不管是我们中的谁，吕晓君的爸爸都是坚决不愿意看到因为他而导致我们学习上受到影响。后来我们多次商讨才最终确定下来，我们和吕晓君一起替她爸妈保密，她骗她爸妈不知道病情，我们一起骗你，我们什么也不知道。

你们做这些，我怎么一点儿都不知道？你们骗我干什么？

我们害怕你知道了，会担心吕晓君学习受影响，完不成市委下达的升学任务，那样你的压力就更大啊！

有些爱，太伟大，不加以装饰，沉重得往往让人无法接受。我们把这样的爱用善意的谎言做装饰，用美丽的欺骗做外衣，为的是在给予时不被对方觉察。一直以为这种爱，只有经历过生活坎坷的成年人才会表现得出来，因为这种爱在给予时不仅需要真诚，还讲究技巧。没想到当年的那一群单纯的少年，把这份披着欺骗外衣的爱，经过众人的合作和努力，又缝上一层让人无法知觉的衬里，让这人世间的无奈和悲凉，也有了温情和热度。

横跨整个**青春**去追你

黄咚咚

一个没有书桌只能在饭桌上写烂小说的人。

个人微信公众号：饭桌派小说馆

刘兰芝：我可能嫁了一个假仲卿

■ 黄咚咚

一

仲卿今日又与我吵架了。这是我们今年第五十次争吵。而今年，总共才过了不到三十天。

吵架的内容，无非都是些鸡毛蒜皮的零星小事。但这些鸡毛蒜皮，全都与一个人有关。

对，那个人就是我的婆婆大人，庐江县有名的节妇焦氏。

说起我这个婆婆，庐江县可谓无人不知，无人不晓。

节妇焦氏，青年丧夫，其时仲卿尚幼，她以一人之力，撑起焦氏一门，伺候公婆，抚养一双子女长大成人。

仲卿在我婆婆的敦促之下，两耳不闻窗外事，一心只读圣贤书，在庐江县城小有贤名，年纪轻轻就被举荐入了庐江府担任文吏，职位虽不高，好歹是在政府部门，算是公务员，铁饭碗，也算光大了门楣。

是以庐江县一带的百姓，一提起我婆婆焦氏，无不交口称赞。节妇慈母，形象光辉，感人肺腑。

想当初我决计要嫁给仲卿时，我阿母就曾经告诫过我，原生家庭有问题的男子一定要慎嫁，尤其是在早年丧父、寡母持家的家庭里长大的男子。

我阿母所说的这些婚恋禁忌，仲卿全都吻合。

然而爱情来临的时候，什么条条框框、清规戒律怎能挡他得住呢？

二

我犹记得初见仲卿的情形。那一年我十七岁，仲卿十九。我伴阿母去赏上元节花灯，他与文朋诗友正好也在花灯街市游玩，斗酒吟诗，意气风发。

我早已经断断续续耳闻过仲卿斯文有才，却不料他还长得修颀俊秀，一表人才。

只因在人群中多看了你一眼，再也没能忘记你容颜。

不承想，仲卿也在赏灯人流中瞥见了我。四目相接的那一刹那，满街的璀璨灯火纷纷迷蒙成背景，眼底心中，天地之间，只剩下了华光流彩那一人。

数日后，媒人上门来替焦家提亲，兄长一口应允，疼爱我的阿母留了一个心眼儿，从堂前差人上后院来问我的意思。我虽娇羞，但仍然满心欢喜地点了头。

"我的儿，那焦家公子虽是一表人才，颇有文名，但自幼由寡母养大，他那母亲焦氏，据闻可是个厉害人物。你可要三思。"

我和千万个被爱情蒙蔽了双眼的女子一样，对母亲的警示哪里听得进去。

况且我想，我十三能织素，十四学裁衣，十五弹箜篌，十六诵诗书，文可对句，武可持家，便是多厉害刁钻的婆婆，也应该对我无可指摘。

三

当然，事实表明，我那时真是太傻太天真。

当一个婆婆看媳妇不顺眼时，便是在鸡蛋里，她也能挑出骨头来。

嫁入焦家之后，我勤勤勉勉，每天鸡鸣一遍，便坐在织机旁开始织布，每日夜深才入房就寝，三日能出布五匹，已胜过庐江县大多数织布娘。

然而婆婆仍然嫌我织得慢。

仲卿身为县府公吏，每日公务繁忙，新婚之后，与我厮守的时间并不多。

然而婆婆仍然嫌我过门之后，羁绊了仲卿心志，拖沓了他的前程。

我未出阁时，喜爱装扮，坊间若有什么时新妆容与服饰，我总要一试。成为焦家媳妇之后，我已按阿母所言，悉数收敛，每日衣着素净，环佩全无。

然而婆婆仍然嫌我鲜艳招展。

我始终不明白，作为新妇，我克己守礼，勤勉本分，对丈夫温柔以待，尽心伺候，对婆婆晨昏请安，低眉顺眼，我婆婆却为什么对我仍然如此横挑鼻子竖挑眼。

直至有一日仲卿无意间与我闲聊，说道在那日上元灯节之前，婆婆已有意遣人去东城的府尹秦家提亲，欲为仲卿求娶秦家小姐秦罗敷为妻。

这秦家老太爷，与庐江太守交好，当初正是他举荐仲卿入县府担任文吏。

而仲卿在他母亲对他正式摊牌前，于上元灯市对我一见倾心，央得母亲让提亲之人从秦家改道至了我刘家。

自从我与仲卿成婚以来，仲卿在官禄上再未得到提拔。婆婆每思及此，总有无尽悔意，深觉不该一时心软，听任仲卿娶了我刘兰芝为妻。

原来我甫嫁焦家，就已身负原罪！

命运和我开了好大一个玩笑。

四

虽然婆婆的挑剔责骂令我难堪窘迫、度日如年，但真正割伤我心的，却是每每婆婆对我横加指责、不依不饶时，仲卿的唯唯诺诺和沉默寡言。

当然，他也不是没有为我发过声。

当婆婆首次责难我织布手脚缓慢时，仲卿也喏喏地说过一句："母亲，我们家中也并非仰赖所织布匹换钱粮，您何苦……"

仲卿话音未落，我婆婆已经脸色下沉，厉声说道："现如今确已不必仰赖织布换钱粮，但想我当年与你孤儿寡母，上尚有翁姑要奉养，我哪一日不是织布至三更……"

婆婆只要一道出"想当年"，提及她独自抚育仲卿的辛苦，仲卿嘴里便只剩下一句"母亲大人息怒……"

于是，当婆婆嫌弃我所着的裙衫太招摇时，仲卿只会说一句"母亲大人息怒……"

当早上仲卿出门前在屋里与我多逗留了片刻，我说笑声音稍微大了些，婆婆责骂我不思礼节，形迹不检时，仲卿只有一句"母亲大人息怒……"

当婆婆去寺庙斋戒，我在家中接待了我一位远道来访的昔日闺友，婆婆训斥我"举动自专由"时，仲卿仍然只有一句"母亲大人息怒……"

更别提一日三餐我做出的菜肴,在婆婆嘴里不是咸了就是淡了,不是嫌荤多素少,就是怪素多荤少……总归是没有一样能称了她老人家的心意。

这日一早,我给婆婆递茶三遍,头遍婆婆嫌茶烫,二遍婆婆嫌茶凉,三遍倒是水温合适了,婆婆却又嫌茶淡。

我把茶默默撤了下来。

呆立在厨间半晌,面前摆着的三道茶,在这个春日清早,成了压垮我的最后一根稻草。

原罪难消,这样动辄得咎的日子难道我要忍气吞声过一生吗?

料峭春寒里,我打一个寒战。

我决定向仲卿辞行,主动求休。我仍深爱仲卿,正是因为深爱他,我不愿余生把他都搅和在婆婆对我的厌恶里,我不愿在婆婆天长日久的挑剔中,与仲卿最终变成一对怨偶。

我愿意以我残缺一生,成全当初我于阑珊灯火中遇见,并一眼爱上的少年。

五

对我的决定,仲卿自然是不允。他惶惶然道:"阿芝,你知我对你情深,你何苦为难我。"

你听,到了此时,他仍然怪我为难他。

我咽下心中酸楚,好声好语对他说:

"不是我为难你,是婆婆大人她容不下我。我在焦家一天,她不痛快一天。她不痛快,你我又如何能痛快?你放我走吧。此生此世你我缘分只能至此。我不怨你。"

仲卿不甘心地说道:"阿芝你等我,我去同娘亲说道说道。"

说罢,他朝婆婆所在的堂屋奔去。

然而我去意已决，亦知他此去多半也是枉然。是以仲卿前脚一走，我后脚便开始简单打点包裹。

我只收拾了几件随身衣物，其他锦绣腰襦、红罗斗帐、绿碧丝绳、四角香囊，甚至当初陪嫁的箱笼六七十，我一概不取。人贱物亦鄙，不足迎后人，日后让仲卿施与需要之人吧。

果不其然，我这边厢甫拾掇停当，那边厢仲卿已去而复返。我见他耷拉着一张脸，心下便已经知晓，此行他所谓同婆婆说道说道，想必也同往常一样，以"母亲大人息怒"告终。

我勉强一笑，算是安慰他。挎上包袱，前去拜别婆婆与小姑。

婆婆的眼神冷淡得令人如置身冰窟之中，自始至终没有一字挽留。我想，婆媳一场，今日我终于算是做了一桩令她称心如意的事了吧。

仲卿骑马送我至大道之上，随着我乘坐的马车走出两三里仍不肯回去。我掀帘望他，七尺男儿，这一路眼中始终隐约有泪光。

"你……回去罢。婆婆……你母亲该等得着急了。"我强打笑脸。

仲卿勒马驻足，下来走近我的车窗，含泪对我低声说道："阿芝，你知我永不会负你。实在是母亲她……你暂且还家，我眼下要去县府报到，待我不久归还，必去迎你回家。"

"求你记取我的心意，万勿有违我的叮咛。"他哀哀地望向我，"我焦仲卿指天为誓，我绝不会辜负阿芝。"

我看着他哀痛烦忧的表情，这哪是我当初认识的意气少年。不忍再加深他的切痛，我顺着他的话意回道："你的心意我记下啦。你既如此不舍我阿芝，我便如约等你归来接我。你若稳如磐石无转移，我自当作蒲苇纫如丝。"

"只是我家有兄长，性行暴躁如雷，恐怕不会听任我意，未来变数几何，委实难料。"我亦告诉仲卿我的心中隐忧。

"总之，你务必等我！切记！"仲卿翻身上马，调转马头，绝尘而去。

我目送马背上那个瘦削背影自视线里渐行渐远，心知此生相见之期寥寥可数，一时心如刀绞，肝肠寸断。

六

后来的故事，就如你们所知。

县爷公子来求亲，被我婉拒。一向疼爱我的阿母自然是由得我。

太守公子来求亲，我仍然婉拒。阿母仍然是由得我，只是娘家哥哥却不肯由我了。

哥哥听闻我要拒绝太守公子的求亲，心中十分恼恨，呵斥我道："先前嫁给一个小小府吏，不出三年即被遣送归家，已是家门蒙羞之事，如今上天垂怜，你竟能有机会嫁给太守的贵公子，前后境遇，直如天壤云泥。荣华富贵与混吃等死，你难道要选择后者？"

哥哥劈头盖脸一席话，令我无地自容。阿母在一旁神情哀哀，作声不得。

"兄长所言极是。出嫁从夫，回到兄家则理应听从兄长安排。"

我不忍阿母为难，心里想起与仲卿的约定，一晃年余，没有传来只字片语，估计此生与他已再无夫妻聚首的可能，不禁心头涣散空茫，已自做了打算。

于是我听任兄长许了与太守公子的婚约。

仲卿听闻我家将我另许了人家，曾策马而至，责问我因何毁约，不再等他。

等他到何日是尽头呢？婆婆有接纳我的一日吗？婆婆一日不松口，他便一日不能来迎我，而我，便得一日在娘家苟活于世，如哥哥所言，"混吃等死"。

终归是死，我何不早做打算。

"磐石未移，蒲丝已断。"仲卿讥讽中语带惨淡，对我一揖到底，"你富贵安乐，我独活何益，他日黄泉相见，唯愿你我自由自在，再无所碍。"

我暗自垂泪，再次看他打马而去。仲卿啊，你何须以言语如此伤我。你有你的不自由，我头上又何尝不是承受着各式逼迫。

罢了，人间不自由，黄泉下相见吧。

可叹你我如今正值年华，却不能与所爱之人徜徉这缤纷人间，斟茶煮酒，柴米油盐，生儿育女，万丈红尘，携手相伴，白头到老。

有情如你我，双双受逼迫，生人作死别，真正奈若何！

吉日转眼至，迎亲锣鼓喧，我默默上得花轿辞阿母，转瞬途经那日与仲卿话别的小河边。

杨柳依依，春风拂面。待得队伍停顿休憩的当儿，我揽裙脱丝履，绝望地纵身跃入了粼粼河水之中。早春的河水冰冷刺骨，瞬间把我淹没。

七

我溺于水中之后，魂魄离体，冉冉浮将出来。仓皇四顾，看见了乱作一团的迎亲队伍，看见了太守和他的儿子。亦看见了我那可怜的阿母。

唯独不见我心心念念的仲卿。

我遥遥对着阿母一叩首，一缕魂魄飘飘荡荡，来到焦府。只见仲卿与他母亲正在激烈争论着什么。

自然，同之前的无数次争论一样，仲卿一如既往地在婆婆的声色俱厉之下，败下阵来。

我见仲卿出得厅堂，神色郁郁地回到当初我们居住的厢房，蹙眉洒泪，嗟叹不已。

然后他翻找出素绫一段，便疾步走向庭院里东南角上那株梧桐，搬来假石，足踏其上，将素绫系于粗壮枝丫之上。

我见此情景，知他已闻我死讯，要践行当日之约，与我黄泉相见。

我心下大恸，想要阻止他。

惜乎我已化作游魂，张嘴呼不出，伸手触不到，只能眼睁睁看着我此生唯一爱恋过、怨恨过却又始终惦记着的男子，就在我们曾经对坐饮茶、相拥赏月的庭树下，了却了他的生命！

后人谈起我们，津津乐道是我们双双殉情，坚贞不渝，罔视死生。谁知我们心中凄楚，千般不愿，万种不舍与不甘。

若能与所爱倘徉人间，携手百年，谁愿意在冷冰冰的书里千古流传。

我唯愿世间女子，择良人结终身之时，都擦亮眼睛，你愿做纫如丝的蒲苇，也一定要找对无转移、有担当的磐石。

我亦愿天下男子，珍惜与你初相见时笑颜如花的女子，万勿令她独自面对围城内的风霜刀剑严相逼，一步步坠向绝望深渊，最后玉石俱焚，徒留嗟叹与怅然供后人评叹。

董永：我以为娶了一个假仙女

■ 黄咚咚

一

遇到我的仙女媳妇之前，我过了好些年苦日子。

那是真的苦啊。由于娘亲早逝，我自幼便生长于单亲家庭，偏偏家中老父又不懂别的营生，只知守着一亩三分地，天天早出晚归，日出而作，日落而息，劳碌终年，不过勉强维持个温饱，以至我年逾二十，却还是妥妥的一条单身狗，迟迟无妻可娶。

谁知屋漏偏逢连夜雨，船破更遇打头风，这一年，与我相依为命的老父亲也染上重病，卧床不起。

可叹老父这一病半年有余，我倒是恪尽子女本分，尽心尽力伺候，只是家中能典卖之物已悉数典卖出去，我渐渐连为老父抓药治病的钱两也拼凑不出来了。

思来想去，我只得趋趄奔至村头东家，将我自己卖身为仆，得来些许钱财，再赶至村西，请教郎中，抓了两包药材，预备回家煎好给老父服下。

谁知待我回到家中一看，老父僵硬地躺在陋榻之上，双目圆睁，竟早已没了呼吸！

我好一顿哭啊。哭我可怜的老父亲操劳一生，终了连一顿饱饭未食就匆匆上路，更未见儿子我娶妻生子，承欢膝下，死不瞑目。也哭我董永从此爹妈全无，家徒四壁，孤苦伶仃。

我的号哭引来街坊四邻，一看我老父归西，家中无粒米，纷纷摇头感叹，各自解囊，凑了些许散钱，也有人出力帮忙张罗吃喝，总算做了一场丧宴，送我死去的老父入土为安。

二

却说待得送父归山，安埋停当，众乡邻走得走，散得散，只剩我独自一人，失魂落魄，踽踽而行于山脚密林，正不知此身何往，此生何了，陡然听到一阵女子的嬉笑声从密林深处传来。

我身不由己地循着声音朝密林深处走了过去。

嬉笑声越来越近，听起来如夜莺啼空，婉转悠扬，又如春风中的铃铛,清脆悦耳。一时竟将我心中的沉痛苦闷驱散了许多。

那是年轻女子们特有的笑声。唯有朝气蓬勃、无忧无虑之人,才发得出那样的笑声。我董永这样暮气沉沉之人,早已不知欢笑为何物。

我忍不住一步步朝那笑声的发源之处靠近。二百步,一百步,五十步,十步……

我被眼前的景象惊呆了。

掩映在密林深处的一池碧水里,莲叶田田,六七个云鬓花颜的美貌妙龄女子,正浸泡在池水之中浣发洗浴,嬉笑打闹,美好的胴体于高高低低的莲荷之间若隐若现。

此情此景,真是香艳绝伦,令人如坠绮梦,宛游仙境!

只见当中的一位,看似年龄最小,却最是娇俏甜美,发髻微湿,神态宛然,令人心动。

我见她秀发之上,系着一方红绢,其他女子头上的绢巾则是鹅黄嫩绿,深紫浅蓝各不相同,混在一起,犹如彩虹一般,七色俱全。

岸边则一字堆着七堆褪下的各色纱裙。其中红色的一堆,离我最近,只要我从面前的大树之后向前微微一探身子,便触手可及。

我目迷五色,心旌摇荡,鬼使神差地伸出手去,抖抖索索地将那红色衫裙搂了过来。

好像听见我动作发出的声响,池中女子纷纷受惊,以迅雷不及掩耳之势穿好衣裙,眨眼之间尽数离去。

唯有那年龄最小的一位,因目之所及,不见了自己的衣服,披着薄薄一层纱楼,藏身于宽大莲叶之后,惶惶不安。

我这才从隐身之处走出,将裙裳递了过去。

"在下适才路过此地,捡到一身罗裙,不知是否姑娘之物。"

那女子从莲荷之后伸出手来,将衣服接了过去,窸窸窣窣穿好,才轻声答道:"正是小女子之物。多谢公子奉还。"

我见那女子莲步轻移，就要离开，忙一步上前，一揖到底。

"在下千乘人氏，姓董名永。敢问姑娘仙乡何处？家中尚有何人？天色已晚，不知可需董永护送一程。"

"原来是董公子。素闻董公子孝顺谦恭，果然如此。我……实不相瞒，我乃天庭王母之女，七仙女之末，小名天羽。此番与姐姐们偷出天宫，游玩人间，本欲在此洗尽凡尘，赶在天门闭锁之前，返回天宫。适才……这下……"

女子惶然答道。我明白她是说适才找不见自己衣裙，这下已错过跟姐姐们返回天庭的时辰，当下顺着她的话音说道：

"姑娘既已回不去遥渺天宫，何妨干脆留在人间。董某亦是孤身一人，你我相伴，便少却伶仃流离之感，殊不寂寞。"

女子抬头看了我一眼，双颊飞上两朵红云，却微微颔了颔首。

我喜不自禁，连忙又是一揖到底，欢欢喜喜地领了她，一路徐行归家。

三

到了家中，女子倒也不嫌弃我家徒四壁，整日勤劳洒扫，各种归置，本来破败蒙尘的家经她扫除打点，略加装扮，洁净整齐了不少，看起来总算是有了家的样子。

女子，哦不，我这捡来的媳妇又叫我去野地采了些野麻，剥皮晾晒，供她制成麻线，又差我问人讨了一辆破旧织布机，她便在家里织起布来。

我见她勤劳本分，并没有什么异常之处，便把她先前说自己是仙女的话语当作玩笑，虽有些疑窦难解，但我只当她身世有什么难言之处，不便对我明言，是以也就不再追问。

我将我这媳妇所织之布拿到集市上售卖，姑嫂婶婆们纷纷惊叹这布纹路绵密均匀，手感柔软光滑，一抢而空。

日子一天天过得好了起来。直到村头东家见我服丧百日已过，迟迟未去报到做事，差人来催我入府为仆，践行当初为救老父签下的卖身契。

我媳妇不愿与我离分，执意相随。我也不放心将她独自一人留在家中，于是我们夫妻二人一同前往村东。

村东管事的见我卖身契上只写明一人入府，并未标注携带家眷，不愿接收我媳妇入府。但听我那媳妇脆声说道："我善织布，定不会白食你家粮食。"

东家闻言放话道："你若明日天明之前能织出十匹上好绢布，我便允你与你家相公一同入府。并且将董永十年的卖身契改作一年，早日还他自由身。"

我媳妇一口应承下来。我心头大急。一日十匹，这如何能完成？

媳妇但笑不语。

是日归家，我媳妇仍然不慌不忙，如常在那架老旧的织布机上咿呀投梭编织。我内心如焚，坐卧不安，责怪她不该随随便便对东家夸下海口。

媳妇一直织布到夜深。我在一旁早已哈欠连天，她却没有丝毫困意。

"你去歇息罢。"见我眼皮打架，媳妇浅笑盈盈对我说，"一切不用郎君操心。"

我将信将疑，但敌不住困意，进屋和衣躺倒在床上，不一会儿便沉沉睡去。

四

不知过了多久，我被一阵机杼声惊醒。我从床上爬起来，走到

我媳妇平素织布的房间门口一看，嚯！屋里不知何时已经多了数位美貌女子，便是当初我在密林莲池边所窥见的那几位，正人手一架造型奇特的织布机，围坐在我媳妇身周，帮她一起赶工。

只见那数架造型奇特的织布机，散发着氤氲光芒，梭子以极快的速度来回穿梭，发出悦耳颤音，不一会儿，地上的布匹便越来越长，曳地而放，堆满了整间屋子。

我惊得瞠目结舌。说实话，我对于媳妇当初说她自己是仙女这一事，本来将信将疑，毕竟，我从未见过她腾云驾雾，撒豆成兵，再说她若真是仙子，为何还要与我艰苦度日，何不干脆略施法术，变出万贯家财，华屋豪宅，岂不美哉？

然而眼前这一幕，却令我顿扫疑心，相信了此前她说的那些痴话。

窗外雄鸡三鸣，天色即亮。只见身着鹅黄嫩绿、深紫浅蓝各色裙裳的几位女子，纷纷起身，将面前的织布机不知用什么法子缩小到一掌可握，纳入袖口之内，转身向我那媳妇告辞。

我悄悄退回里屋，不曾惊扰她们。我心头已大石落地，看那一屋子华彩熠熠的绢布，东家的要求早已不在话下。

回过神来，我忍不住为我这媳妇真是个仙女而心头雀跃，喜出望外。当下我再也无心睡眠，禁不住在屋里踱来踱去，对未来的大好日子遐想连篇起来。

我媳妇是个仙女，仙女自然就会仙术，从此我华府美酒，金银财宝，岂非唾手可得，荣华富贵，功名利禄，岂非招之即来？

想我董永苦了小半生，终于上苍垂怜，好教有了今朝！

五

然而我高兴得太早。

万万没想到的是，去东家交差归来，媳妇却又命我出去采集野麻，浸泡清洗，供她搓线织布。

我简直怀疑自己的耳朵听错了。

"娘子休要再戏耍为夫。我昨夜亲眼见你姐妹齐聚，用仙术织出锦缎。为夫已确信你当日诚不欺我，娘子果然是仙家。如今我们既已结成夫妻，娘子何不略施仙术，点石成金，变出万贯家财，与我快活度日，自在逍遥，还苦哈哈地织这劳什子破布做甚！想你我忙碌上一整天，卖得布匹才够换几个酒钱？"

我此话一出，我那仙女媳妇立即神色大变。

"郎君到底还是道出这番混话来了！罢了！罢了！罢了！"只见她面色如灰，连连慨叹，眼中似有泪光盈动。

我正不明所以，此时一道神光突地在眼前一闪，庭院之内，我和媳妇之间倏地多出了一个锦衣华服的雍容老妇人，身后跟着数位艳光照人的彩衣女子，正是我已见过两度的那几位仙女。

"拜见母后！"我媳妇伏倒在地，深深一拜。

母后？！我眼珠子快瞪出来。传说中的王母娘娘？

只见老妇将绣袍一托，便将我媳妇扶起。

"我的儿，随我回去吧！"老妇对我仙女媳妇怜声说道，"我早告诫过你，凡夫俗子，殊不可托，你却只是不信，非要与我打赌，说他忠厚孝顺，心地淳朴，是人间难得的好男儿，如今你可输得心服口服？"

仙女媳妇低眉俯首，以手拭泪不止。

"你这董永，我妹子当初不顾姐妹劝阻，抛下一切，冒着违逆天庭戒律，被打入地界的危险，决计投奔你，与你做夫妻，看中的正是你心地纯善，谁知假以时日，你终究还是这样一个贪慕富贵、妄图不劳而获的小人。"

几位仙女中一位身着鹅黄衫裙的女子愤愤啐道。

"我一双老眼，早已将这世间贪图享乐之人看透，你们却只是

不信。也罢，让你们历劫一场，也可证得我所言非虚。"老妇睥睨地盯我一眼。

这天上地下，原来丈母娘都是一个德行。我被那一眼扎得心头好生恼怒。

"我哪里便是小人？我既不偷不骗亦不抢不夺，我顶多只是个凡人。"我辩解道，"我一介凡夫俗子，向往荣华富贵有什么错？我苦了二十多年，想过几天好日子有什么错？"

"好你个凡人。真正的凡人难道不应该珍惜粗茶淡饭，柴米夫妻？你若是向往那功名利禄、富贵荣华，何不自家去博取？我看你只是个渣男！你偷窥我女儿洗澡，偷拿她衣服，还害得她怀上了凡胎，折损了修为，老实说，我不取你性命已算老身我有涵养。"这老妇人也顾不得风度，臭着一张脸指着我的鼻子说，"如今你竟然妄图指使我女儿冒仙界之大不韪，动用仙术为你讨取荣华富贵？真是人心不足，贪得无厌！"

怀上凡胎？！我一愣，仙女媳妇竟然已经怀上了我董家的骨血？

"走吧！"老妇语毕，伸手拉起我媳妇的手，众仙女也纷纷转身，竟要就此离去。

我心下一慌，膝盖一软，赶紧跪倒在地。

"岳母……呃，王母娘娘息怒，小生知错了。我娘子既然已怀上我的骨血，还请娘娘不要带走我娘子，致使我夫妻离散，父子分离。"

王母娘娘却看也不看我一眼。

只听我媳妇悲切地说道："董郎请起。当初我与母亲立下赌约，你若安贫乐道，甘于与我二人勤恳度日，母亲便许我与你做一世夫妻，你若心生贪念邪想，语出之时，便是我随母亲与众姐妹返回天庭之日。"

"你我夫妻缘尽于此，董郎好自为之，多加珍重吧。"仙女媳妇颜容惨淡，泪珠莹莹，朝我一拜，转身跟随王母娘娘一行人，须臾之间，脚已离地，冉冉升向天空。

我目睹此状，肝胆俱裂，方知我又错了。我以为王母娘娘和我媳妇也同俗世间的寻常百姓一样，眼看得她肚子里有了我的骨血，木已成舟，便应当心软忌惮，至少暂时留下人来，哪知他们神仙竟然无所谓门风颜面，竟然就这样也仍要齐齐返回天庭。

那我岂非竹篮打水一场空？鸡飞了，蛋之焉存？仙女媳妇一走，我董家的骨血何在？家又何在？

我赶紧猛跑几步，双手伸向天空，妄图抓住仙女媳妇的裙裾，却只徒劳地拽下她一只布靴，一行人转瞬便没了踪迹。

我手里抓着一只空空的靴子，跌坐在大地之上，傻了眼。

旁边的老槐树似乎在看我笑话，在风中抖动满树的枝叶，发出"沙沙"的叹息声。

良久，我突然听得这"沙沙"的叹息声中怎么好像有婴儿的哭声？

我丢掉靴子一骨碌坐起来，循声找去，果然见老槐树背后盘起的根结之上，放着一个用棉被裹得似粽子的襁褓，襁褓之中一个粉嫩肥胖的小婴儿，正挥舞着小拳头，咧嘴哇哇哭呢。

一日夫妻百日恩。仙女媳妇虽折返天庭，却还是顾念着与我的夫妻情分，施术留下了我董家之后！那襁褓所用之布，纹路细腻，触手柔滑，正是仙女媳妇的手笔呀。

我抱着咿哇哭喊的孩子，再次跌坐尘埃，我董永是个贪心不足的假君子，仙女媳妇却是个有情有义的真仙女。可恨我一时贪念，生生葬送了这一段绝世好姻缘，真真好叫我痛心懊悔得肠子发青。

附《搜神记｜汉董永》

汉董永，千乘人。少偏孤，与父居。肆力田亩，鹿车载自随。父亡，无以葬，乃自卖为奴，以供丧事。主人知其贤，与钱一万，遣之。

永其行三年丧毕。欲还主人，供其奴职。道逢一妇人曰："愿为子妻。"遂与之俱。主人谓永曰："以钱与君矣。"永曰："蒙君之惠，父丧收藏。永虽小人，必欲服勤致力，以报厚德。"主曰："妇人何能？"永曰："能织。"主曰："必尔者，但令君妇为我织缣百匹。"于是永妻为主人家织，十日而毕。女出门，谓永曰："我，天之织女也。缘君至孝，天帝令我助君偿债耳。"语毕，凌空而去，不知所在。

孟姜女：我哭倒了一座假长城

■ 黄咚咚

我的命是路边捡来的。

我的养父姓孟，养母姓姜，他们膝下一无所出，所以给我取名叫作孟姜女，意思是孟夫姜妇的女儿，孟姜之女。

我的爱情也是路边捡来的。

那一日，我正与丫头在葫芦爬满架的园中嬉戏。无意间，我瞥见葫芦藤后面，露出来一角男子的衣衫——茂密的藤蔓背后藏着一个人！

我正要张嘴呼喊，一个书生模样的俊逸后生从藤架后匆匆走了出来，又是羞赧又是诚惶诚恐地对我一揖到底。

"小姐毋惊慌，小生并非恶人，殊无歹意。只因躲避徭役抓丁，一路奔逃至此，慌不择路闯进贵府，还请小姐毋责。"

我见他一身风尘，神色疲惫，言辞诚恳，举止有理有节，遂打消了呼救的戒心，只是差使其中一个丫头，去禀报了父亲大人。

父亲大人听说后院出现了来历不明的陌生男子，赶紧赶了过来。

那后生对我孟父陈述道，他原本是临县范家村人氏，名唤范杞梁，家有双亲，上有一兄，父兄务农，母亲纺织，他专心读书，虽然苛捐杂税之下，钱粮不宽，但一家人勤勤勉勉，也算和乐度日。

谁知就在今年，大哥刚定下一门亲事不久，衙里突然到村里征丁，说是始皇帝要大修工事，每户一丁，即刻拉走，不得迟缓。

可恨即将当上新郎官的范家大哥就这样被拉走，连同未婚妻道别的机会都没有。更可恨的是，上头"每户一丁"的规定不几日便被推翻，始皇帝下令大缩工期，壮年劳力，多多益善。

眼见范杞梁也要被抓走，沦为修城役夫，范家老夫妇心中不舍，赶紧不由分说将儿子藏了起来，躲过这一轮抓捕再做打算。

谁知抓人的公差心狠手辣，见明明在花名册上登记尚有一名男丁的范家交不出人来，气急败坏，将范家老夫妇一顿痛殴。

可怜范老夫妇年事已高，被穷凶极恶的差人拳打脚踢之下，哪里还有活路，双双惨死在自家小院内。

待得街坊四邻发现惨状，找回范杞梁，两老尸身已硬。范杞梁抚尸痛哭，懊悔不已，双目尽赤，就要去找那恶差拼命，却被街坊劝阻。

"你一介文弱书生，身单力薄，如何与恶差拼命？你父母拼命保得你周全，你若是再自投罗网，作无谓牺牲，九泉之下，你如何面对他们？还是赶紧逃命去吧，留得一点命脉，延续范氏香火，也好告慰老父老母。"

范杞梁无言以对，痛哭良久，与众乡邻合力掩埋了父母尸身，又拜了三拜，才依依不舍，含泪仓皇逃离范家村。

一路上经过村村寨寨，时不时见到有差吏抓夫，范杞梁心惊肉跳，左躲右藏，好不容易到得孟家村，却差点又与一伙抓人的差吏碰上，这才慌不择路躲进了我孟家的后院。

孟父听完范杞梁叙述，一边感慨皇帝无良，差吏凶恶，世道艰难，一边唏嘘范家凄惨，杞梁可怜，便将无处可去的杞梁收留下来。

杞梁在我家一待便是数日，平日早晚请安，帮忙劳作。我孟父姜母见杞梁温文有理，仪表俊秀，手脚勤快，心下喜欢，询问我俩可愿配作夫妻，一来杞梁留在孟家安身，也就名正言顺，二来乱世凶险，遇此良人，了却了我的终身大事，他们百年之后，也就不会忧心我孤苦无依。

我和杞梁些许日子相处下来，早已互生情愫，当下大方应允。

兵荒马乱的年月，三天两头抓民要夫，定了的亲事，谁家也不总撂着。双亲一合计，就近择了个吉日良辰，请来凋敝村落里所剩无几的亲戚朋友，摆了两桌酒席，也欢欢喜喜地闹了一天，我与杞梁俩人就拜堂成亲了。

成婚后杞梁改口叫了爹娘。一家人其乐融融，偏安乱世，美满幸福得简直不真实。

尤其是杞梁，他常常干活干得好好的，突然停下来，痴痴地望着我。

我笑话他："你不好好干活望着我做甚？"

杞梁总是赧然一笑，一如当初他从葫芦架后走出来的腼腆，背后还透着隐隐的不安："想我范杞梁何德何能，能得上苍如此厚爱，娶到娇妻美眷如孟姜，乱世之中安家立室，过上这神仙也不及的好日子。"

"不是上苍厚爱你，是我孟爹爹厚爱你。"我笑着纠正他。

"诚然。杞梁必定与孟姜一同，好好侍奉孝敬二老。"杞梁正色道，却又话锋一转，对我甜甜一笑，"我也要与孟姜你相敬如宾，白头偕老。"

我心中一甜,低下头去,红透了脖颈。

那时我以为,这就是可以一眼看得到头的幸福。

作为孤女,我曾经比任何人都期待有一个自己的家,温暖的、完整的家。

如今我有双亲,有了枕畔人,也许不久的将来,我还将拥有自己的孩子。我依稀看到我梦想中的家园日趋圆满。

谁知天有不测风云,人有旦夕祸福。

就在我与杞梁成完亲的第三天,家中突然闯来一伙衙役,不容分说,就生拉硬扯、推推搡搡地把杞梁给抓走了!

我感觉我的天都要塌了。

杞梁被抓走之后,我昼夜忧思,眼巴巴盼着杞梁到了工地能寄个只字片语或者捎个口信回来,好教我与双亲心安。

然而半年过去,杞梁音讯全无。

眼看隆冬将至,寒气日重,我终于按捺不住,忍受不了内心的思念与折磨,连夜赶制了过冬的寒衣,打算辞别双亲,北上寻夫。

双亲见拗不过我,只得为我收拾了盘缠与干粮,含泪送我上路。

走出村口良久,我才敢回头张望,却见我的爹爹与阿娘相互搀扶,仍伫立在村口的大路上,朝我离去的方向张望。

那一瞬我泪湿衣襟,却只能咽下酸楚,继续赶路。

走过了一村又一寨,翻过了一山又一水,记不清过了多少个日日夜夜,我用光了盘缠,夜晚就在破庙荒屋投宿,渴了喝一口流泉飞瀑的水,饿了吃一口树间没有掉光的野果充饥。

一个大雪纷飞的日子,我躲在一处城郊外的山神庙避寒时,碰见两位从我家乡过来贩卖山货的乡亲。

他们一见我,都万分惊讶,继而又万分悲戚。

"小孟姜啊,"他们还称呼我儿时的小名,"你可知你离家寻

夫之后不久，官府征赋催税愈加严苛，你的双亲不堪其苦，再加上对你日夜思念忧心，可怜你那爹爹与阿娘，不久便先后病逝了！"

听到这个消息的一瞬，犹如晴天霹雳，我身坠冰窖，心如刀割。

呜呼哀哉！我孟姜女是天底下最不孝不义的女子！爹爹与阿娘救下我被弃如敝屣的小命，并含辛茹苦哺育我二十年，为我招亲完婚，我却连一日亲恩未报，就匆匆踏上了千里寻夫的路程。

而今两位老人家竟不等我一步，已然匆匆与世长辞！

我的爹爹与阿娘啊，自此天人永隔，叫我如何报答你们对我的如海恩情？

体力不支加上悲痛过度，我昏倒在破败的山神庙内。幸亏两位乡亲不弃，照顾了我一夜。

天明醒转，乡亲见我仍要继续北上寻夫，都劝我作罢。

他们说筑城重役，忍饥挨冻，非死即伤，杞梁多半是有去无回了，劝我还是趁早做别的打算。

我谢过他们的好心，强忍悲痛，义无反顾地踏上了我未完的旅程。

生要见人，死要见尸，我怎能让我的杞梁一个人孤零零地留在寒冷的北方边塞，梦魂也回不到家园呢？

何况，我心里还残存着一丝幻想，万一，万一杞梁还活着，还在等着我与他相见呢？

我走啊走，直到最后一双布靴也磨穿了鞋底，路过的土地都变得荒瘠，河川都被坚冰封堵，我终于来到了杞梁修筑工事的关隘。

我向修筑城墙的民夫们一一打听，有谁见过我的夫君范杞梁。但他们一听说杞梁已经被抓来修筑工事一年有余，都纷纷摇头。

"工地上人不如畜，终日劳作，缺衣少食，暴热严寒再加上疾病肆虐，哪有人能熬过一年的！"他们这样说。

"大嫂你回去吧，你的夫君多半已经不在人世了！"有人这样劝道。

我仍然执拗地一一问询过去。

终于在第七天的时候,叫我问到了一位邻县被抓来的民夫。

我满怀期待地看着他,等着他回答。

"杞梁……杞梁他被抓来此地不到三个月,就累饿致死了。"那位乡邻犹豫半响,对我托出实情,"修筑工事的工头们偷工减料,克扣粮钱衣物,被抓来修筑城墙的工人,悉数被压榨得油尽灯枯,成批死亡,掩埋不及,尸身都被砌进了这万里城墙之内。"

我残存的一丝念想终于被无情掐灭。

天地之大,我孟姜女却再次沦为孤苦之女,不仅失去了父母,也失去了爱侣。

一时之间,心头的绝望与哀痛再也忍藏不下,犹如决堤巨浪,一股脑儿倾泻而出。

我抚着青色的城墙放声恸哭。

这一哭,林鸟惊飞,山河同悲,风云变色。

我一直哭了七天七夜,直哭得肝肠寸断,血以继泪。

奄奄一息之际,我听见狂风大作,山摇地动,目之所及,筑城的民夫们纷纷四散奔逃。

我却迈不动步,亦不想迈步。天呀,你就崩了这万里青砖黑石,将我孟姜女也埋骨于此吧。

若能与杞梁同葬于此,也不枉我千里迢迢寻夫一场,也不教可怜的杞梁在这荒瘠塞外,孤魂游荡!

只听得轰然一声巨响,距我不过百步开外,竟然真的轰隆隆倒塌下一大片城墙。

随坍塌的城墙而露出的,是难以计数的森森白骨,有的蜷曲,有的直挺,有的完整,有的零散,有的有靴无衫,有的有衫无靴。

这成堆的白骨,乍望怵目,再思惊心。他们哪一个不是千里之

外的故乡之中，被白头翁妪翘首以盼的儿子，被蓬头稚子念念不忘的父亲，被深闺妇人切切思念的夫君？

我还记得杞梁强壮的胳膊，记得他温暖的怀抱，记得他身上令我怦然心动的青年男子的气息，而如今，他却已与万千被强征而来的民夫一同，变成一堆无从辨认的冰冷白骨。

我哭倒的，可能是一段偷工减料的假长城，可是我失去的，是千真万确与我说好要一同白头偕老的新婚夫君，是我心心念念的春闺梦里人。

我的杞梁再也不能醒过来，为我对镜贴花黄，对我柔声诉衷肠，与我男耕女织，生儿育女，与我一起晨昏相伴，白头偕老了！

每念及此，怎不令我肝肠寸断，痛彻心扉！怎不令我悲愤满腔，万念俱灰！

是以当巡查工事的皇帝次日惊闻城墙坍塌，命人将"始作俑者"的我绑至御前，要问我治罪时，我望向他的眼里只有恨不得将他撕碎的熊熊怒火！

谁知这个惯常南征北战、收疆扩域的枭雄皇帝，却对荆钗布裙、一脸不逊的我动了心思，要将我纳为嫔妃！

帝为刀俎，我为鱼肉。悲愤之余，我心中有了打算，虚与委蛇，向皇帝提出了三个条件。

第一，将城墙坍塌露出的民夫白骨，悉数以棺椁敛葬，修坟立碑，以供其亲人及后人凭吊。

第二，查处偷工减料，克扣民夫钱粮衣物的工头，以儆效尤。

第三，进宫之前，我要与皇帝一同去大海之上遨游一番。

也许是色心正炽，高高在上的始皇帝竟然一口应承下来，并命人即刻着手一一办理。

而我被人伺候着熏香沐浴，换上了妃嫔服饰，然后与皇帝同乘辇车，来到海边，登上了一艘金碧辉煌的雕龙刻凤的大船。

我望向与我一同伫立船头的皇帝，心中充满了悲愤与怨恨。我想与他同归于尽，却也知道，死一个皇帝，到底与死一个民夫不同，天下也许又将掀起血雨腥风，乱作一团，到头来，苦的仍然是黎民百姓。

而想起我的爹爹与阿娘，想起我的杞梁，我心中千回百转，悲愤绝望，难以平复。

罢了罢了！爹爹啊阿娘啊，杞梁啊杞梁，没有了你们，孟姜一个人于这孤苦人世独活何意，我陪你们来了！

我扶住船舷，纵身一跃，跳入了浪花翻滚的大海。

在被蔚蓝的海水包裹住的那一刹那，我犹如回到了襁褓之中，被爹爹阿娘爱怜地抱起，又犹如回到了杞梁的怀抱，温暖有力，令人沉溺。

我贪恋地闭上了眼睛，真好，跋涉了千山万水，我们终于得以团聚，从此再也不会分离。

马文才：我可能结了一场假婚

■ 黄咚咚

—

我姓马，"鲜衣怒马"的"马"，"春风得意马蹄疾"的"马"。这些词句放在我身上，就跟为我量身定做的一样。

但我的名字就跟我不是那么合适了。

我叫文才。天知道我爹是怎么想的，竟然会为我取这么一个酸

腐得掉牙的名字。可能正是因为缺什么，才会往名字里加什么吧。就像那些穷得叮当响的人给他们的儿子取名叫富贵，自己忤逆得一塌糊涂，生个孩子却叫德贤一样，我爹斗大的字不识一箩筐，却为我取名叫文才。

忘了说，牛富贵和朱德贤都是我的哥们儿，还有一个惠武功，我们四个人加在一起，就是文武齐全，德才兼备，富贵逼人。

我们就是上虞的F4呀。至于是FLOWER4还是FOOL4，随便你怎么认为，我不在乎。

这个世界上我只在乎一个人，那就是祝英台，祝家庄祝员外的爱女祝英台。

二

我第一次见到英台，还是我少年时候有一年随我爹去祝家庄走亲戚。

我家的这位亲戚，经营布匹生意多年，在祝家庄算是大户人家。当日老当家的六十大寿，庄里许多人家都纷纷备礼前来祝贺。其中也包括祝家庄有名的书香门第，祝员外祝公远。

亲戚知道我爹爹喜欢附庸风雅，便投他所好，将我父子俩引见给祝员外。

祝员外很平易近人，和蔼可亲，耐着性子与爹爹寒暄。

我那亲戚在一旁说："祝员外家有一女公子，与文才年龄相当，生得十分秀丽，且秀外慧中，饱读诗书，才气横溢，是祝家庄人人赞赏的女才子。"

我爹爹一听，顿时羡慕得不行。"祝公真是教养有方。不似老朽，犬子终日顽劣，读书如上刑，万般方法都使过，就是不肯学，不成器。"

我在旁边听着，心说，这祝英台，就是妥妥一个"别人家的孩子"

呀。我得见见她,看看她一个姑娘家,能有多了不得。

正想着,我爹爹就说了:"改日一定去祝公府上造访,向你讨教一二教子良方,也让文才向女公子学习一二。"

这个老狐狸。我心说,肯定是看上人家姑娘有学识,想……想娶来做儿媳妇,好管住我。

知父莫若子。我一眼就看穿了我爹的心思。

我那亲戚料也看穿了,所以当下就说:"咳,择日不如撞日,待会儿宴席吃毕,我们就去祝公府上叨扰叨扰,我听说,祝公新进得了一匹胡人所织绢图,其图绚烂,其绢绵滑,老朽正想见识见识,开开眼界。"

想来我那亲戚平素与祝员外私交也是不错,再加上是当日寿星,祝员外当下并未推辞,便邀了我爹爹和我那亲戚一同前往员外府稍坐。

我自然是跟随我爹爹同往。我对祝员外的女公子祝英台十分好奇。

我当时想,如若她果真如我那亲戚所描述的一样,聪明又秀丽,那我爹爹求得祝员外把她许配给我做媳妇,当然是美事一桩,如若她只是聪明,却生得像个丑八怪,我是断断不会应允的。

这两年,也有过好几人跟我家提亲。我的发小朱德贤有个妹妹,叫作朱妖娆。朱德贤他爹就曾透露出,他有意把朱妖娆许配给我。

我爹就此事问过我的意见,我没有答应。一来我看不上朱妖娆那样的庸脂俗粉,成天扭扭捏捏、拖泥带水;二来呢,我若是娶了朱妖娆,那我不就成了朱德贤的妹夫,不得管朱德贤叫一声大哥呀。

而我明明是上虞 F4 的老大,我怎么能管朱德贤这样的货色叫大哥?

三

事实证明，我没有答应我爹跟朱家结亲是对的。因为祝家的小姐祝英台，才是我梦寐以求的那款女神。

我只见了祝家小姐英台一面，心里就深深地烙下了她的倩影，她面容姣好，身段窈窕，利落飒爽，笑意盈盈，与时下悲秋伤春、病态怏怏的女子截然不同，有如光风霁月，行云流水一般，让人着迷。

辞别祝员外和我家亲戚打道回府的路上，我对我爹说，爹啊，你回去赶紧备一份厚礼，找一个最能说会道的媒婆，上祝家给我提亲吧，我想娶祝小姐为妻。

这世间的女子，我只想娶祝小姐为妻，其他人都不要。那天我这么跟我爹说。

我爹很高兴我终于有了中意的女子，终于愿意娶妻。在他看来，男儿必得娶妻生子，成家立业，才能定性。他盼着我娶个聪明厉害的媳妇儿，好把我这匹浪荡的野马拴住，好好过日子，开枝散叶，光大门楣。

四

回到家，我爹果真火速备了两份厚礼，差人到祝员外家去提亲。只是他却没有找媒婆去提，他将其中一份厚礼送到了祝家庄我那刚过花甲大寿的亲戚家，拜托我那与祝员外私交甚笃的亲戚去提亲。

我不得不佩服我爹。没文化不代表脑子差，我爹这一仗打得漂亮。不久我那亲戚上门来回话说，有他保媒，祝员外，我那未来老丈人果然答允了这门亲事。

从此以后，祝家大小姐英台，便成了与我马文才婚约在身的未婚妻。我每思及此，都忍不住咧嘴露出笑容，心里像吃了蜜一样甜。

那一年，我十六岁，英台十四岁。

我没想到的是，定下亲事不久，英台居然出门上会稽求学念书去了。我觉得有点不是滋味，自古以来不都是男子出去求学苦读，考取功名，女子在家寒窗苦等，翘首以盼吗？

但是我很快也就想开了，为了我喜欢的人儿，颠倒一下又何妨。我愿意等英台了却她的心愿，再回家来安安心心与我成亲，从此一心一意做我马文才的媳妇。

为了英台，我愿意等。我想英台她一介女流，出去读书求学无非就是想借机出门玩一玩，游历山水，瞅瞅热闹，不可能真要搏什么功名，我应该不至于等上十年八载。

谁知月老他顽皮，并没有将我和英台之间的红线系牢。我万万想不到，出门天地阔，平地起风波，最后误了英台，误了我。

五

我等了英台三年。

人们都说远距离恋爱大多没有好结果，但是我对英台有信心。

这三年，我甚少与牛富贵、朱德贤和惠武功一同浪荡。他们跟我抱怨说，上虞F4都快变成上虞F3了。

我懒得理他们。我忙于跟随爹爹学做生意。我不是读书的料，但我也不想叫英台他日小觑我。我要奋力打下一个富足的江山，让英台跟着我过快活日子。

不忙的时候，我常常去祝家庄看望我的准岳父祝员外。

祝员外是个好脾气的老头子，他好结交，讲信义，对乡邻乐善好施，对儿女慈爱有加。他一生育有八子一女，一女便是英台。由于是年近五十才有了英台这一件小棉袄，他对英台可是稀罕得紧。

祝家上两代曾经数度为朝廷效力，追随祖逖、陶侃、桓温等大

军北伐中原，收复洛阳，立下赫赫战功。

只是到我丈人一代，家道已经式微，我的舅子哥们也纷纷或转任文职，或经营商事，祝氏一族便不复有祖上的气势与荣耀。

我丈人在与我闲聊的时候，说在英台的童年时期，她经常听到长辈们叙述昔日族人南征北战的故事，小小的心中便立下了宏愿，长大后要成为一个驰骋疆场的巾帼英雄。

英台的梦想当然没有实现。好歹我丈人宠她，巾帼英雄虽然没有当成，却经不住她软缠硬磨，降格以求，允许她与哥哥们同读经史诗书。

英台于是由书中知晓了院墙之外有广阔天地和各种奇人异士，趣事逸闻，心中十分向往去外面的世界走一走，看一看，求学也罢，游历也罢。

我丈人本来忧心英台一个女儿家，出门总有各种不便与危险，迟迟没有应允。

前些日子，听闻会稽有一家十分有名的书院在招生徒，英台不由得雀跃，又故话重提，说要前去书院报名就读，增长学问。

一来会稽离上虞并非十分遥远，二来英台以不能先求学便不肯践行婚约为要挟（我这未婚妻可真是够淘气啊，媒妁之言，父母之命，由得你任性么），三来岳丈对这个宝贝女儿也是宠溺，爱惜她一腔才情，就允她去了。

"只是呀，就得让你等上三两年，才能迎娶英台过门了。"祝员外对我有些歉然。

这些日子，我隔三岔五就拎上四处搜罗来的好酒好茶，来祝家庄探望他，陪他下棋赏花，一来二去，我们爷俩已经非常熟稔了。

我这丈人虽然儿孙众多，但早已纷纷自立门户，各有家累，忙于营生，平常并不能时时承欢膝下，是以他已经对我的造访十分欢迎。

我拍着胸脯跟祝员外保证，我不在意要等英台三两年，世间的女子千千万，我只喜欢英台一个人，为她等三两年不算什么，便是十年八年，我也会等。

想想我还真痴情呀。王富贵、朱德贤和惠武功都纷纷表示我肯定是中蛊了，上虞赫赫有名的F4老大，居然对一个只见过一面的女子如此钟情，他们觉得简直不可思议。

我也觉得不可思议。但是没办法呀，因为爱情，就是这么神奇，没有任何道理。

六

谁知道英台会遇上贸县那个酸秀才梁山伯。谁知道英台怎么就看上了那只呆头鹅。

我等了三年。终于盼得女神求学期满，回到祝家庄。我便向老岳丈提起，何时择个黄道吉日，八抬大轿，热热闹闹迎娶英台过门。

但英台却对老父说，她不想急于成婚。

祝员外有些生气，数落英台："你休再胡闹。你要求学三年，为父也力排众议，应允了你，文才更是无怨无悔，候了你整整三载，现如今你怎仍然推三阻四？"

英台见一向慈祥的老父震怒，颜容也有些失色。但见她眉头紧蹙，似是内心挣扎，半响之后，她一副毅然决然豁出去了的神情，对老员外和我坦白交代。

"我已心系他人，便是我求学途中结识的义兄，贸县梁山伯。与马家这桩婚事，请爹爹和马兄长容我退了罢。"

祝老员外一听这话，差点昏厥过去。他一向注重诗书礼仪，讲究信义，虽说疼爱幺女，但怎容得女儿在婚姻大事上如此儿戏胡闹。

老头子当下就把英台关了禁闭，令她好好思过。

我安抚了余怒未息的老员外,来到祝家后院,立在英台闺房廊外,想要细细问明缘由。

英台一如既往地磊落飒爽,倒也丝毫不隐瞒于我,向我讲述了去书院途中如何与梁山伯相遇,在书院三年如何与梁山伯同窗共学。

"我今番回来,就是要同爹爹与你说明,我心已他属,此生非梁兄不嫁。马家哥哥,你就点头退了这桩婚事罢,英台我终生念你大恩。"

我在廊外听得心中酸楚。我何尝要她念我什么大恩。我翘首盼望三年,只想着要与她做寻常夫妻,谈笑画眉,生儿育女,朝夕相伴。

我颤抖着声音问她:"那你这梁兄自始至终可知晓你是女儿身?可与你定下婚约盟誓?"

英台在屋里朗声答道:"不曾。我这三年虽与众生徒同学同住,但我一向谨慎独行,并未叫人看破女儿身。我对梁兄也不曾言明,更不曾私定婚盟。"

我的心在绝望之中又泛起一丝喜色。我是个寻常男子,听到英台仍是清白之身,我当然心下欢喜。

我对屋里的人儿说:"你且等着你的山伯,我自等着你,为了你,便是当备胎我也愿意。你那梁兄如若明白过来,前来光明正大求娶你,我便把你当妹子嫁与他,他若没有胆量来,你便仍是我马文才订下的亲。"

英台并不领情,她听起来有些着恼:"我哪里稀罕什么备胎。弱水三千,我只取一瓢饮。梁兄若来娶我,我便嫁他;他不来娶我,我便等他;他若死了,我也随他。"

我被英台话音中的凛冽决绝之意吓到,不敢再逼她,强忍心头失意,离开了祝家。

七

此后我不再提起成亲之事，只是也不曾退亲。梁山伯一日不前来求娶英台，我便一日抱着残存的一线希望。

只是我去祝家庄逐渐去得少了。听闻祝员外身体一日日不如从前硬朗，我只是搜寻了一些上好的药酒与补品，托我那亲戚拿去送与祝员外。

如此又是三年。

梁山伯这怂货，听说他被举荐做了个地方官，也算混得小有名堂，这么长时间，英台女扮男装在会稽书院求学三年的轶事，早已传遍会稽城间乡野的每个角落，他也应该早已明白，当日与他朝夕同窗的英台原来是个美娇娘，明白英台对他的似海深情，却为何迟迟没有差人来求亲？

我爹爹却在一天天催促我完婚。

"文才，你已二十有二，与你同年的朱德贤、惠武功均已娶妻，并且育有两子，便是家徒四壁如牛富贵，也已于年初成家。为父我年岁渐大，可等不起你了。"我爹爹有一日这么对我说。

"祝家小姐要嫁你便嫁，不嫁你，我做主退了这门亲事，你就娶朱家二小姐朱妖娆吧。我听朱老爷说，朱二小姐对你甚是倾心，至今尚未婚配呢。"老头子放出了大招。

我慌了手脚。我可不想与朱妖娆成亲，我只想与英台做一世夫妻，相伴白头。

我快马加鞭赶去祝家庄，告诉祝老爷子，我已定下吉日，三日后便要迎娶英台回马家。这一次，我言出必行，不容置疑。

祝员外面对无怨无悔等待英台六个年头的我，无话可说，责令英台三日后上轿，与我完婚。

英台在堂上并未抗拒，未发一言。我心想，也许她也被她的梁兄晾凉了一腔热情，不再固执了吧。我退出祝家堂屋的时候，从她身边走过，我低低地对她说：

"别担心。我会对你好的。"

我看到英台面上露出一个惨淡的笑容，神情寥落。

但是我当时并未往心里去。我想，等英台嫁过来之后，我一定要百般地对她好，她喜欢游山玩水，我就带着她四处游历名山大川，她喜欢伺花弄草，我就给她修一个百花之园，她喜欢读书治学，我就搜罗天下的奇文典籍供她审阅。

我一定有办法让她快活起来。

八

很快到了迎亲的日子。

我早早穿好喜服，骑着高头大马，带着浩浩荡荡的迎亲队伍，来到了祝家庄。

祝家庄那个热闹啊！遐迩闻名的才女祝英台今日出阁，全村的男女老少都挤在官道两侧，想一睹盛况。

我叫家仆准备了丰厚的迎亲红包和喜糖，一路散发给众乡邻。我希望他们能分享到我迎娶心上人的喜悦。

英台早已在喜婆们的帮助下盛装穿戴完毕，蒙上了喜庆的红盖头，盖头上的锦穗儿晃晃悠悠，我看不到英台的脸，不知她是怎样一副表情。

鼓乐齐鸣，新娘子被搀扶着上了花轿。我拜别有点颤巍巍的岳父祝员外和众位乡邻，带着迎亲队伍，带着我的新娘子英台上路了。

队伍行至"五山四地一分水"的鄞县地界，要渡过一截河道，船至河中央，突然平静的河水波浪滔天，航船颠簸得非常厉害，眼见快要沉下去。

我赶紧护着英台，让船家速速拣近陆处靠岸。待我们一行人狼狈不堪地上得岸来，英台的红盖头早已丢失。

我看见英台姣好的面容上，挂满了泪珠，心下大惊。

"英台，你……"我张口正要询问，突然循着英台的目光望去，一座新坟映入眼帘。坟前立着一块孤零石碑，上面写着几个萧瑟黑字："会稽梁山伯之墓"。

我惊得魂飞魄散。原来英台心心念念的春闺梦里人，早已做了荒郊野岭的一缕孤魂。

英台踉踉跄跄扑倒在坟前，双膝跪在地上，泪如泉涌，伸手抱住冰冷的石碑，号啕大哭起来。

这一哭，直哭得天旋地转，风云变色，飞沙走石，瞬时间大雨倾盆而下，雷电交加，天地之间一派乱象。

迎亲的人马纷纷四下逃窜，找地方躲避，我却没有躲。我呆立在英台身后，不知该做点什么来劝解悲痛欲绝的她，我即将拜堂成亲的未婚妻。

正在怔忪间，骤然一声巨响，天崩地裂，只见梁山伯的坟墓蓦地裂开了一道一人宽窄的口子。英台见到此状，悲切地大喊一声："梁兄，英台来了！"

说完，她纵身一跃，身上的喜服化作一道炫目的红光，跃进了那道裂口当中。

我伸手意欲抓住英台，指尖却只触碰到她的裙裾，柔软芳香，如同微风从指缝中一划而过，转眼消失了踪迹，无处追寻。

裂口如同一张大嘴，瞬间吞没了英台窈窕的身影，旋即闭合如初。几乎同一时刻，雨过天晴，万物盎然，一道妩媚的彩虹横搭天际，如同一座七彩之桥。

梁山伯的坟头上，一对硕大无比的彩色蝴蝶在湿润的阳光下翩翩起舞，十分缱绻缠绵。我仔细一看，那蝴蝶的花纹分明就与英台的罗裙图案一般无二，一时看痴了。

没来得及跑远的迎亲人马纷纷折回来，聚拢在我身边，自动于坟周匍匐拜倒。

我呆立良久，不发一言，身上的喜服在洒满阳光的林间显得分外红艳。

我的心里，却从此都是雨天。

我是马文才，我没有做错什么，却错过了一切。我十六岁那年喜欢上了祝家庄祝员外的爱女祝英台，我同她订了亲，等了她六年，最后她在我迎亲的路上，于她心爱的梁兄坟前殉了情，他们一起化作了自由自在的蝴蝶，只留我在这人世间孤单一人。

我觉得我就像结了一场假婚。如果一切是场梦，我唯愿梦境停留在我十六岁初见英台的那一年，永远不要醒。

手掌心煎鱼给你吃

■ 黄咚咚

一

认识宋沉稳那一年，毛绿嘉刚满17岁，对一个少女来说，正是花儿一样的年纪。

然而花儿一样的毛绿嘉并没有得到命运的眷顾与呵护，反而被生活这个流氓辣手摧花。

起先毛绿嘉并没有意识到，人生还有命运这种东西。

等她意识到的时候，她的人生已经被命运这个顽劣的小儿扒拉成了一副烂牌。

　　先是毛绿嘉的父亲毛有利在酒厂做临时工，搞焊接的时候，不小心掉到废弃的酒池里，二氧化碳中毒而死。

　　由于是单独作业，等人们发现毛有利的时候，毛有利已经全身青紫肿胀，死去多时。

　　接着，毛绿嘉那徐娘半老的继母显然不肯在毛家这个坑里搭上后半生，她将为数不多的赔偿款席卷了大部分，抛下重度老年痴呆的毛奶奶和即将念高三的毛绿嘉，一夜蒸发，不知所踪。

　　虽然毛绿嘉自觉她在父母离婚的时候，长大了一回，在父亲再娶时又长大了一回，但这一次，她觉得自己才是真正地长大了，哦不，是成熟了，成熟得快要烂掉了。

　　真的是有命运这种东西吧。

　　不然没有办法解释是谁在一步步地把她的生活往烂泥里推。

　　为什么别的孩子能整天被妈追着穿秋裤，被爹盯着不许早恋，而她毛绿嘉却要被陆续拿走妈，又拿走爹，变成一根野草一样没人管？

　　哦，像野草倒还好了，虽然没人管，到底还自由自在，没有负担。她毛绿嘉还有一个老年痴呆的奶奶呢。

　　毛绿嘉那几天里思前想后，最后去银行里将可能是继母良心发现、没有全部取走的父亲的死亡赔款余额取了出来。

　　虽然剩下的这点钱连赔偿款的零头都算不上，但是聊胜于无，好歹够毛绿嘉找一家还算可以的老年公寓，把奶奶送了进去。

　　各种手续折腾完已是傍晚，毛绿嘉茫然地在街头转了几圈，从兜里掏出银行的单据，看了看上面一个手的手指头就数得过来的余额位数，她决定，管他的，先去路边摊吃一顿烧烤再说。

　　这个小城的人们是有多爱吃烧烤？一到夏天，太阳刚一落山，大街小巷但凡有一点点空档的地方，就会摆出来一个烧烤摊，大的

二三十张小桌，配些塑料方凳，小的就一两张简易的桌子，配几把小马扎，各自为营，莫名和谐。

她一眼就看中了宋沉稳的烧烤摊。不大，也不小，五六张桌子，凳子不是塑料的，而是四四方方的小木凳，一看就很稳当。

二

毛绿嘉在宋沉稳的烧烤摊上，挑了一张最小的桌子坐定之后，就扯着嗓子喊："服务员，点菜！"

哪里有什么服务员呢。这个摊子统共就只有宋沉稳一个人在打点。洗菜，切菜，穿串，调酱，抹酱，烧烤，上菜，收钱，撤桌，都是宋沉稳一个人搞定。

好在，生意不是很火。五六张桌子，基本上，上客率只有一半，一桌来了一桌走，宋沉稳踩着凌波微步，化身千手观音，偶尔来个乾坤大挪移。

一个不大不小的烧烤摊，竟然让他给打理得井井有条。

毛绿嘉那天在宋沉稳的烧烤摊上，点了一份香茅烤鱼，一份烤茄子，一份烤香菇，一份烤金针菇。

毛绿嘉还点了一瓶山城啤酒。17年来的第一瓶啤酒。

毛绿嘉本来准备点一瓶科罗娜的。她觉得科罗娜的包装更漂亮，更适合女生。

但是菜单上没有。只有山城啤酒，这个城市本地产的一种啤酒。

宋沉稳上菜的时候打量了毛绿嘉一下。那天毛绿嘉没有穿校服，穿的是一件灰绿色的T恤，高挑瘦削的身体在宽大的T恤里像个衣架子。

这个女孩子的眉头皱得，18瓶啤酒都化不开。宋沉稳心想，肯定不是失恋就是失业。

事实上，并没有用到18瓶啤酒。喝完第三瓶的时候，从没喝过酒的毛绿嘉就已经开始晕了。

好在宋沉稳的摊是四四方方的小木凳。要是那种高脚塑料凳，说不定毛绿嘉已经轰然倒地了。

有两个流里流气的小青年在旁边的桌子撸串，斜着眼看了毛绿嘉好几次。

宋沉稳看在眼里。过去给小青年上菜的时候，他装作很鄙夷的样子踢了一下毛绿嘉的凳子："喂，陈有希，又失恋啦？每次跟男朋友吵架就来老子的摊上胡吃海喝，假装失恋给谁看，一会儿还不是乖乖被哄回去。"

小青年一听是老板熟人，觉得无趣，把目光收回来投到了路边穿着热辣的女郎身上，不再瞄毛绿嘉。

那天毛绿嘉一直在桌子上趴到宋沉稳收摊。

宋沉稳拍了毛绿嘉十几下，毛绿嘉才有点反应。

"收摊了！"宋沉稳几乎是用吼的。

"哦。"毛绿嘉迷迷糊糊的。

"你住哪儿？快回家吧。"宋沉稳被毛绿嘉那迷蒙的眼神搞得心软了一下，换了个好点的语气说。

"好。"毛绿嘉回答，站起来准备走，但是脚下虚浮，又颓然坐了下来。

"你还没结账，86块。"宋沉稳又说。

"哦。"毛绿嘉低头在包里扒拉半天，好容易掏出钱包，又在钱包里扒拉半天，递给宋沉稳一张50块的人民币。

"一共86块。"宋沉稳大声对毛绿嘉说，但是下一秒他又自己嘟囔说，"算了。"

"结完了，你走吧。"宋沉稳对毛绿嘉说道。

毛绿嘉到底还是站了起来，对着马路上招手叫车。对面有几个在路边闲逛的人停下脚步望了过来,明显在看热闹。

一辆路边趴活儿的私家车此时发动了,貌似要过来接毛绿嘉这一单。

宋沉稳几乎没有思索,当下搀着毛绿嘉拦了一辆正好驶过的出租车,一起钻进了后座。

三

那一晚,宋沉稳把迷迷糊糊但还能说得清住址的毛绿嘉送回了家。

把毛绿嘉扔到那个空荡荡的家里的旧沙发上时,宋沉稳一眼看到上面那套"S城XX高中"的校服,L码,符合自己拖着的这个烂泥一样的女醉鬼的身型。

宋沉稳心想,真是大意,竟然卖酒给一个女高中生,还卖了三瓶。

宋沉稳把毛绿嘉扔到沙发上,顺手又把垃圾桶给她放在头边,环顾了一下没有人气儿的房子,摇了摇头快步离开了毛绿嘉家。

谁知第二天摆摊的时候,宋沉稳又看到了毛绿嘉。

这一次毛绿嘉换了件浅绿的T恤,还是宽宽松松,像个挂着衣服行走的衣架子,配上昨夜宿醉后有点苍白的脸色,有种楚楚可怜的味道。

"这一次我不会再卖酒给你了。"宋沉稳不等毛绿嘉开口,一口回绝。

毛绿嘉看着眼前这个一个人忙里忙外,像个千手观音的男子,想起一些昨夜的片段。

"今天我不喝了。"毛绿嘉说。

"那行。你要吃烧烤?"宋沉稳一边手脚麻利地支桌子,一边问。

毛绿嘉帮他把小方凳一一摆在桌边。

"不吃。我来给你昨天的钱,烧烤钱,出租车钱。"毛绿嘉说。

"烧烤钱你已经结过了。"宋沉稳停下手中的动作,"出租车钱嘛,没必要,你家那个小区离我住的地方不过两百米远,我自己也是要打车回去的。"

"那么晚了,公交车都没有了。"宋沉稳又补了一句。

"你为什么不雇一个人帮忙?"毛绿嘉摆完凳子,看着宋沉稳支完桌子支烧烤架,支灯箱。忙忙碌碌的男人有一种特别的味道。何况宋沉稳其实长得端端正正,本来就蛮耐看。

"以前我女朋友跟我一起摆摊。"宋沉稳把十来个调料罐子拿出来,在烧烤架右侧的台面上一字摆开。

莫名其妙地,毛绿嘉想起一个模糊的名字,陈又希?陈雅希?陈有希?陈妍希?

"她人呢?"毛绿嘉问。

"上大学去了。"宋沉稳说道。

"她跟你分手了?"毛绿嘉莽撞地问。

宋沉稳看了毛绿嘉一眼,没有作声,但是低下的眼睛里伤痛一闪而过。

毛绿嘉问完之后,自己也觉得有点鲁莽。这也太交浅言深了。

"以后我来帮你摆摊。你就当请小时工,按小时给我算工资就好。"毛绿嘉不知从哪里来的勇气,毛遂自荐道。

"不用。"宋沉稳瓮声瓮气地说道,"我不请高中生当小时工。"

毛绿嘉笑了。

"这个呀,你别担心,我这学早就决定不上了。我现在是光杆司令,谁也管不到我。"

宋沉稳神色复杂地看了毛绿嘉一眼。

毛绿嘉以为宋沉稳不信,就说:"真的,我爸上个星期出事故死了,我继母卷钱跑路了,我奶奶老年痴呆,我昨天刚找了一家敬老院把她送进去。我是真的没有人管,而且你放心,我已经十八岁了,你雇我也不算雇佣童工。"

宋沉稳看着毛绿嘉,这一堆接二连三的人间惨事,在她一个小姑娘说来竟然这样不动声色,天知道是暗地里流了多少眼泪才换来的。

宋沉稳瞬间觉得自己被青梅竹马的初恋甩掉这件事,也不是那么悲催了。

"你暑假期间可以来帮我,但开学了你还是回去上学吧。"宋沉稳松了口。

毛绿嘉很开心。

管他呢,开学之后的事,开学再说。

四

毛绿嘉在宋沉稳的烧烤摊开开心心地当了一个暑假的跑堂小妹,洗菜、切菜、穿串、摆桌子板凳、点菜、上菜、结账,什么都干。

但是宋沉稳从不让她亲自烧烤食物。

"你这烧烤有什么祖传秘方不成。"被拒绝得多了,毛绿嘉有点悻悻。

宋沉稳并不搭话。他还记得以前陈有希从不走近烧烤架。

"烟熏火燎的,对女生皮肤不好。"陈有希说过。

宋沉稳看了看面前毛绿嘉那白皙的脸蛋儿,将烤鱼上升腾的烟雾向自己这边扇了扇。

九月份开学之后,毛绿嘉被宋沉稳赶回了学校。

但是毛绿嘉根本没心思上课。她的成绩本来就一般,这下更是一滑再滑。

等到高三下学期第一次摸底模拟考试,毛绿嘉考了个五百多名。

而她们学校应届生加往届生，一共也就六百人左右。

宋沉稳有点沉不住气了。

毛绿嘉再去宋沉稳那儿的时候，宋沉稳就没有好脸给毛绿嘉看。

然而毛绿嘉并不知道为什么。

"怎么了老板，最近生意不好？"毛绿嘉嬉皮笑脸地问道。

"放心吧，等高考一结束，你生意就好了。那时天儿就热了，晚上出来晃荡的孤魂野鬼也多了。"毛绿嘉安慰宋沉稳。

宋沉稳甩出一句，"要你管！"

然而毛绿嘉还是管上了。有一天本来该是晚自习的时间，毛绿嘉居然领了一帮同学过来吃宋沉稳的烧烤。

开门就是做生意，宋沉稳也不好把一帮人轰走。

"宋老板家的烤鱼最好吃！鱼都是宋老板的乡下亲戚从河里打捞的，绝对绿色，绝对原生态！"毛绿嘉向大家推荐。

"那就来十条！"一行人中一个头发被摩丝喷得支棱八翘的男生大声说。

"再拣他家好吃的点，一样来十份，我们十个人，一人一份，然后来十瓶啤酒！"那个男生最后冲宋沉稳说。

"我不卖酒给在校生。"宋沉稳说道。

"还有这么扫兴的老板！"男生不可置信，望向毛绿嘉，意思是说看你挑的地儿！

毛绿嘉笑着打圆场："宋老板是业界良心，是S城最有原则的烧烤摊老板！"

"我去对面的小卖部买酒，冰镇的，你们先吃着！"说罢，毛绿嘉就要朝马路对面跑去。

宋沉稳拉住她。

"差不多就行了毛绿嘉，赶紧吃完给我回去上自习去！"宋沉稳压着嗓子说道。

"我自己有分寸。"毛绿嘉挣脱他，跑去拎了十瓶啤酒过来。

酒拎回来了，然而桌上并没有菜。

宋沉稳罢工了。

一伙人僵在那儿。

那个头发支棱八翘的男生说："真扫兴，没见过这样做生意的。走，毛绿嘉，咱们去别的摊儿吃去！"

那男生说着就去搭毛绿嘉的肩，却让宋沉稳给一手拨了下来。

"干啥呀？想打架呀？！"男生毛了。

"得了得了！"毛绿嘉拉开这个男生，对宋沉稳说，"不就是高考吗，我保证考个大学给你看不就得了，这么凶干啥。"

"就你们这样，就你这样，能考上大学老子手掌心煎鱼给你吃！"宋沉稳没好气地说。

他也不知道自己为什么要管毛绿嘉的事。但是看到毛绿嘉这样混日子，毫无临考的紧张感他就生气。

"我真不知道，你怎么就这么执着，非要让我考大学！"毛绿嘉在一帮同学面前被伤了面子，也火了，"我爹妈都不管我这个了，你凭什么管我？再说考上大学有什么好？你女朋友不是考上大学就把你甩了？！"

宋沉稳被扎了心。

"滚！都给我滚！"宋沉稳咆哮道。

再傻的人也能听出来这两个人之间有事。大家互相看了看，陆续悄不作声地走掉了。

毛绿嘉是最后一个走的。她看了看烧烤架上空燃的木炭，看了看一旁铁青着脸的宋沉稳，想说什么，却又终究什么也没说，走掉了。

五

再回去宋沉稳的烧烤摊，已经是高考成绩出来之后。

毛绿嘉考得不算好，也不算差，过了本科线，收到了一个二本大学的通知书。

毛绿嘉揣着通知书，在夜幕降临，大街小巷的烧烤摊上线的时候，去找宋沉稳。

然而宋沉稳摆摊的地方空空如也。

宋沉稳和他的烧烤摊人间蒸发了一样，不见了。

毛绿嘉当时心想，这也太小气了吧？怎么吵个架就搞人间蒸发？宋沉稳你还是个男人嘛！

然而一天来看，这地方空空如也，两天来看，这地方还是空空如也。三天，四天……都是空空如也。

毛绿嘉慌了，感觉像一下子被人抽去了魂魄。她一遍遍打宋沉稳的手机，但都提示已经停机。

一直到毛绿嘉收拾行李，坐上火车去大学报到的时候，她也没有联系上宋沉稳。

一直到毛绿嘉四年大学毕业，找到工作，成了一名穿短裙，踩高跟鞋的小白领，她也没有联系上宋沉稳。

这么多年了，毛绿嘉一直期待能和宋沉稳重逢一次。

毛绿嘉不止一次想象过重逢宋沉稳的情形。为此她一直没有谈恋爱。

不知道宋沉稳到底有没有变得名副其实地沉稳一点。毛绿嘉想。

不管怎么样，如果有机会跟宋沉稳重逢，她一定要喊他手掌心里煎一条鱼给她吃。

然而宋沉稳在她高考的那年夏天，摆摊时遇上一群小流氓欺负深夜下晚自习的女学生，上去劝架时被小流氓围殴一顿，让人给扎

死了。

　　这是毛绿嘉有一年参加高中同学聚会时，无意当中听人说起的。

　　"你们知道吗，据说被几个人按着捅了十多刀，死得很惨……就是当年我们去吃烧烤，死活不卖给我们酒，还轰我们走的那个人哪，人倒是个好人，可是脾气那么爆，就是很容易惹祸啊……"

　　毛绿嘉当时就愣在那里，脑子里真空了几秒，等回过神来，第一个念头竟然是，想了这么多年，这辈子却是再也没有机会叫宋沉稳手掌心煎鱼给她吃了。

　　这么一想，毛绿嘉的眼泪就刷刷地涌了出来。

横跨整个**青春**去追你

图书在版编目（CIP）数据

横跨整个青春去追你 / 故事会编辑部编. —— 上海：
上海文艺出版社，2019
ISBN 978-7-5321-7257-3

Ⅰ. ①横… Ⅱ. ①故… Ⅲ. ①中篇小说-小说集-中国-当代 ②短篇小说-小说集-中国-当代 Ⅳ. ①I247.7
中国版本图书馆CIP数据核字(2019)第118518号

书　　名：横跨整个青春去追你
著　　者：《故事会》编辑部编
责任编辑：蔡美凤
装帧设计：孙　娌
责任督印：张　凯

出　　版：上海文艺出版社
出　　品：上海故事会文化传媒有限公司
　　　　　（200020 上海市绍兴路74号 www.storychina.cn）
发　　行：上海文艺出版社发行中心
　　　　　（上海市绍兴路50号）
印　　刷：上海四维数字图文有限公司
开　　本：889×1194毫米　1/32　印张6.125
版　　次：2019年7月第1版　2019年7月第1次印刷
ISBN：978-7-5321-7257-3/I·5778
定　　价：25.00元

版权所有·不准翻印

上海故事会文化传媒有限公司　　出品（00880）　www.storychina.cn

上海故事会文化传媒有限公司所有图书可办理邮购，免收邮费（挂号除外）
汇款地址：上海市绍兴路74号（200020）
收款人：上海故事会文化传媒有限公司出版发行部
联系电话：021-64338113
如发现本书有质量问题，请与印刷厂质量科联系　Tel:021-37212888-106